Eric J. Lien

COLLECTION FOLIO

Philippe Sollers

Les Folies
Françaises

Gallimard

Pour Antoine Gallimard

« *Ce beau velours inimitable des années, pareil à celui qui dans les vieux parcs enveloppe une simple conduite d'eau d'un fourreau d'émeraude.* »

I

C'était le printemps, et je m'ennuyais. Je ne m'attendais pas au retour de Madame. Je l'appelle ainsi depuis notre rapide aventure il y a dix-huit ans. Madame m'aimait un peu, moi aussi. Elle fut enceinte. « Je veux garder l'enfant », dit-elle. « D'accord, dis-je, mais pas d'histoires. — Bien sûr », dit Madame. Elle accoucha d'une fille. « Je l'appelle France, dit-elle, vous n'y voyez pas d'inconvénients? » A l'époque, j'étais anarchiste : ce choix me parut sur toute la ligne un défi et une réfutation de mes convictions. « Bonne chance », dis-je. Madame disparut.

Allons vite à l'essentiel : Madame était riche. Son père était banquier, elle alla vivre à New York. Elle se maria, se démaria, se remaria, fit encore deux enfants (deux garçons), je recevais de temps en temps des nouvelles à travers des amis. Elle passa de New York à Genève. Le premier mari (un Américain) avait reconnu France avant de s'éclipser à son tour. De mon côté, j'avais ma vie, plutôt convulsive, en somme.

Et la revoilà. Grosse petite blonde au Crillon, devant moi, bien habillée bijoux soie, parlant à toute allure de sa fille, de *ma* fille, — cette jeune merveille vive aux yeux bruns, à côté d'elle? J'essaie de me rappeler comment j'ai baisé Madame, et au moment où je vais éclater de rire, ou du moins mon double invisible, France vient m'embrasser sur le front. « Bonjour, Père. » Bon, je suis perdu.

— Elle veut vivre à Paris, dit Madame. Vous pourriez la voir de temps en temps?

— Certainement, dit ma voix.

— Elle a lu tous vos livres. Elle pourrait vous aider dans votre travail?

Abîme de gâtisme! Délices!

— Je suis très désordonné, dis-je. En effet.

— De l'ordre! C'est ça qu'il vous faut! dit Madame. Il vous en aurait fallu depuis longtemps. France est très soigneuse. N'est-ce pas, France?

France ne dit rien. Elle me regarde. Elle porte un chemisier blanc et un pantalon de toile bleu. Je me pince légèrement la cuisse droite. Elle voit le geste. Elle sourit.

— Je visite des appartements pour elle, dit Madame. Il y en a un très bien, pas loin de chez vous. Elle peut vous téléphoner ?

— Quand vous voulez, dis-je. (C'est un rêve, un *mauvais roman* ! Un de plus !)

— Très bien, dit Madame. Je suis contente de vous avoir vu.

Je finis ma coupe de champagne. Je me lève. Depuis deux mois, donc, France et moi.

France n'a fait aucune difficulté. C'était évident dès les premières secondes. Elle ne veut pas parler de son père officiel que, d'ailleurs, elle a à peine connu, il a donné ou vendu son nom, c'est simple. De toute façon, Madame avait l'argent. « Pas d'histoires. » France a toujours su ce que je suis pour elle ? Oui. Madame y a veillé. Quelle éducation.

Elle a déjà eu quelques amants, dont un « très âgé », me dit-elle. « Plus âgé que moi ? — Oh oui. » De mieux en mieux. C'est bien ma fille : directe, réservée, pas de regrets, son plaisir. Études de lettres. La résumer d'un mot ? *Attentive*. Très attentive.

17

Ah, je sais, vous voudriez tout, tout de suite. Les détails de la première fois, l'effusion, le vertige, la culpabilité, les fantasmes. Vous allez être déçus. Le plus grand naturel, c'est le fond de l'affaire. Curieux que personne ne l'ait décrit.

— Tu as fait une analyse? (C'est elle qui parle.)

— Non. Et toi?

— Maman voulait. J'y suis allée deux fois, à Genève. Un gros Allemand. Il ne m'a pas plu.

— Pourquoi ta mère « voulait-elle »?

— Elle me trouvait renfermée.

— Tu l'étais?

— Mais non. Elle parlait tout le temps. Elle continue.

— Tu es bien?

— Oui. Et toi?

— Très bien.

— Ça te fait drôle?

— Pas du tout. Et toi?

— Non. J'avais envie. J'ai envie.

— En tout cas, le ciel ne nous est pas tombé sur la tête.

— Pas encore.

— Jamais.

— Non, jamais.

Les premières semaines, il a fallu dégager un peu. J'étais entre deux femmes plutôt intelligentes, elles pas très sûres de moi, ni moi d'elles. Je leur ai présenté France. Il paraît que la ressemblance est frappante. Elles ont compris.

Je mange tes cheveux châtains, je mange ta nuque chaude. Je voudrais passer mon temps à ça : te manger. Saturne dévorant ses enfants ? Mais sans grimaces du fond des ténèbres, sans relief de cauchemar, gentiment. Est-ce que tout cela ne devait pas m'arriver ? Si, puisque ça arrive. Je ne suis pas un esprit compliqué, comme on voit. Ton bien est mon bien. La trace de ta mère, dieu soit loué, est superficielle (comme les marques, sur moi, de la mienne) : un quart d'hystérie et d'angoisse, le legs habituel, mais restreint. J'ai peu connu Madame : suffisamment pour avoir des souvenirs auditifs. C'est là que la mémoire se bloque, enregistrement des aigreurs. Madame, comme les autres, m'aurait vite donné la migraine, je l'ai oubliée à temps. Mais toi, tu me parles du même côté du son, comme si j'entendais une modification de ma voix passant par ta gorge. Le soir tombe, on n'allume pas, tu es assise dans le grand fauteuil, nous sommes deux figures très sages dans un tableau que personne ne pourra peindre. Pas de photos non plus, n'est-ce pas ? Rien. Un peu de temps à sauver, nous savons que nous n'en avons pas pour longtemps, que je suis là uniquement pour te favoriser le passage. Tu rêvais de moi, nous vivons un rêve, tu m'oublieras dans un autre rêve dans lequel je reviendrai comme le rêve d'un rêve. Profitons du moment. C'est maintenant.

Tu as les goûts de ton âge, quelques amis, garçons et filles, je ne m'occupe pas d'eux, tu y fais rarement allusion. Comme moi quand j'étais jeune, tu n'aimes pas la jeunesse. Je suis pour toi comme un pays bizarre, très lointain, très proche, tu sais qu'il y a eu des voyages, des femmes, des amitiés, des affaires, mais c'était un film, après tout. L'air est blanc, à présent, tu touches ton père comme un frère, de l'autre côté du miroir. J'ai tout de suite compris quel message tu étais pour moi. Non pas la mort (où est-elle?), non pas le passé, — mais l'écart, le bilan pressé des couleurs. J'imagine la femme que tu seras. La mère. La grand-mère. Tu vas beaucoup vivre, c'est sûr. J'écoute ta respiration, je me dis qu'il faut dire comme on dit, que mon sang coule à travers tes veines, que tu es la chair de ma chair, la prunelle de mes yeux, série des clichés.

— A quoi penses-tu?
— A rien. Et toi?
— Presque rien.

Tu remues la tête, tes cheveux dégagent ton cou. Je ne te vois presque plus, joues, poignets, chevilles. On attend le noir. On ne parle plus.

Je me ménage, je m'écoute durer, je romps le plus possible avec tout pour te regarder, t'entendre. Inutile d'expliquer quoi que ce soit à personne. Ils vivent de plus en plus dans l'exaspération et la frustration, la tristesse, la mort. Tu es un faisceau de vie, ta disparition est aussi improbable que celle du mouvement de la vie. Beaucoup de comptes sont en train de se régler, qui n'ont pour toi aucun sens. Je retrouve en allant chez toi, en fin d'après-midi, les gestes du secret oublié. Traverser une rue, changer de trottoir, me glisser sous les marronniers de l'avenue, comme autrefois, quand Paris était à venir, bourré de dérapages et de rencontres possibles.

— Et maintenant tu sais tout?

— Oui.

— Quand même...

— Mais non, c'est bouclé. Admirablement bouclé. Petite planète. Atome sur petite planète. A vu. A ressenti. A saisi. Attend la fin avec calme. Est remonté à la source. T'a rencontrée quand il fallait. A de la chance.

— Toujours eu de la chance?

— Toujours. Sur un fil.

— Je prends des notes?

— Si tu veux. Tu fais un tri, tu publies. *Papa*! Ça fera un malheur.

— *Père*?

— C'est le grand sujet. A jamais.

— *Father*?

— Encore mieux. Dans l'océan *mother*, tout à coup : terre!

— Il n'y a que de la mother?

— Partout. Leitmotiv. Dans l'occident mother quel devint mon ennui... Je te donne un coup de main, tu t'échappes, tu les stupéfies. Saut inattendu. Légende. L'époque a besoin de sensations fortes. Moyen Age. Peste, confusion, chaos et, soudain : lueur!

— Scandale?

— Même pas. Mise au point. Soulagement général. Tu verras. Moi pas.

Ta main sur ma main... Rayon de soleil dans la vitre. Tous les soleils dans ce soleil-là. J'en ai connu, pourtant, des bulles de lumière à travers le monde. Le monde? Aucun mot ne va, rien ne dit vraiment rien. Ta peau sur la mienne. Je n'ai rien senti jusqu'à toi.

Tirés au sort. Tirés du sort commun, en tout cas. Ils sont revenus de tout, mais cachons-nous quand même. La ville est un grand bois. Rendez-vous à des heures précises. Changements de quartiers. De passage, en visite, deux étrangers... « Et pour mademoiselle ? » Et puis, une fois : « Et pour madame ? » Léger trouble sur madame, n'est-ce pas, France ? Tu sais que j'appelle ta mère comme ça. Tu as réalisé son désir : m'épouser, légitimer réellement ta naissance. Hors société, mais la société n'existe pas. Nous sommes un pays sur tapis volant. Regarde, je tourne ma bague : nuage. Si on veut qu'ils ne se rendent compte de rien, ils ne demandent pas mieux. La loi ne vient vous chercher que si on la désire. On la laisse tomber, c'est la paix.

Il faut préparer ton diplôme en fac. Que choisir, dès maintenant ? Pour être tranquilles ? Du classique. J'ai deux idées : Molière et Villon. Je te vois très bien, plus tard, professeur de littérature. Ce sera une des meilleures plaisanteries de ma vie.

— Ça te fait rire, Pap ?

— Et comment.

— Tu veux pervertir la jeunesse ?

— En somme.

Pap, c'est la syllabe qui a fini par s'imposer. A l'américaine, comme *Dad*. My heart belongs to daddy... Marilyn en diamants, comédie musicale, longs gants noirs sur bras blancs, projecteurs, Broadway, vidéo-cassette... Ironie des images, elles sont à notre disposition, en désordre. Depuis le point du temps qu'on choisit. Antiquité? Médiéval? Dix-sept et dix-huit? Moderne? Pas gênant, le temps, le ballet est toujours le même. On en revient toujours là. Varions les décors, les masques. Ce soir, en jeune garçon. Demain, en femme fatale. Après-demain, en jeune fille très convenable. Une autre fois en rockeuse : minijupe et blouson. On rencontre quelqu'un? Moi :

— Vous connaissez France?

— Bien sûr.

Bien sûr que non, mais c'est le jeu. « Sa nièce? » Excellent. Je suis ton oncle. La vraisemblance. Pas trop souvent dehors ensemble. D'ailleurs, on sort peu. Il y a longtemps que personne ne peut dire ce que je fabrique le soir. Tu vois, je me suis arrangé dans la perspective de ton arrivée.

— Inconsciemment?

— Voilà.

— Tu ne crois pas à l'inconscient?

— Mais si! La preuve!

— Tu crois que les gens te surveillent?

— Tout le monde surveille tout le monde. Bruit-bruit général. Les moindres variations sont enregistrées. Pour un écrivain, c'est pire.

— Pourquoi?

— Parce qu'il s'occupe de plus tard. Hypothèse posthume. De plus en plus rare, mais ça peut encore exister. Prudence! Nous l'avons connu, très bien connu, et ce n'est pas du tout ce qu'il raconte. Par exemple, il était impuissant.

— Mythomane?

— Un mythe en cours qui n'aurait pas été mythomane? Fin du monde. La loi du vivant, c'est : il n'y a pas de vivant-vivant. Il a menti comme nous mentons. Le fort était faible; l'heureux, malheureux; le héros, lamentable. En revanche, le faible était un fort méconnu; le malheureux passe à la béatitude; l'effondré apparent est devenu un héros. Les vies manquées sont réussies; les réussies sont ratées. Qui perd gagne et qui a gagné a perdu. Tu peux brancher la machine, elle marche toute seule. Un peu de vin?

— De l'eau.

Un de ses petits amis s'appelle Patrick. Ils ont passé le dimanche après-midi ensemble.

— Qu'est-ce que vous avez fait?

— On a écouté des disques sur sa terrasse. Il n'a pas arrêté de m'embrasser. Mal. Il m'a fait des bleus. Ces garçons perdent beaucoup de temps. Au fond, ils ne veulent rien.

Je vois ça d'ici : les rires, les bousculades... Tu connais les précautions? Évidemment.

— Il est en médecine. Intelligent.

Va pour un médecin. Vieillard soigné par son gendre?... Aggravation du cas... Mort légale...

— Tu crois qu'on pourrait déjeuner avec lui? dit France.

— Comme tu veux.

Il n'a pas arrêté de parler, Patrick. Carrière et carrière. Je ne citerai pas le nom des écrivains qu'il aime ou qu'il feint d'aimer. J'ai quand même appris beaucoup de choses sur les greffes d'organes.

— N'est-ce pas qu'il est sympathique? demande France, inquiète.

— Très. Nerveux, non?

— Il travaille beaucoup.

— C'est bien.

Le dimanche, il y avait aussi Frédéric et son amie, Hélène. Ils se sont embrassés à l'intérieur, ceux-là, les garçons plaisantant à haute voix, les filles faisant les effarouchées pour rire.

— Pourquoi faut-il qu'ils simulent sans cesse la bagarre?

— Timidité.

— Quelle barbe.

Mais non, ça t'a fait plaisir d'expérimenter ton pouvoir... Viens contre moi, dors. Je vais dormir un peu, moi aussi. J'aime perdre conscience. Ne pas revenir ne me gênerait pas. « Mon père est mort dans mes bras. » Pourquoi pas? Trois coffrets : mère, femme, fille... Selon toute probabilité, je serai enterré en France, autant commencer par toi. Dors, ma douceur. Leur sable n'est pas le nôtre. Je m'ensevelis dans ton lit. Laissons-les s'agiter là-haut, porte-moi bien dans le fond, comme je te prends dans mes bras. Tu sens comme je pèse de moins en moins lourd? Plume d'os, pour finir, dans tes doigts. Pose-moi, dépose-moi dans ton souffle. Geste de l'air... Nuit pour tous...

Madame lui téléphone de temps en temps. Madame lui demande si elle voit son père. Madame s'occupe de ses jeunes fils. France dit parfois « mes demi-frères ». Elle ne semble pas éprouver grand-chose. L'indifférence des familles ne pourra pas aller beaucoup plus loin. « Tout est dissous? » dit F., « Tout est vide? » Et aussi :

— Tu es un animal intéressant.

— Pourquoi?

— Ta perception du temps. Ta nonchalance. Au fond, tu ne fais rien.

— Comment ça.

— Écrire n'est pas vraiment faire quelque chose. Tu t'inventes une façon d'être. Tu n'es pas dans le corps. Mais c'est bien.

Je me suis habitué à sa bouche.

— Et tes femmes?

— Je les délaisse un peu.

— J'aimerais te voir avec l'une d'elles.

— Ce ne serait pas raisonnable.

— Ah, ah.

Dans la rue ou dans l'autobus, elle veut que je donne des notes.

— Celle-là? Vingt-cinq ans?

— Beau visage, emmerdeuse.

— L'autre? Quarante?

— Bonne affaire. Cou intact. Souci.

— Raconte.

— Elle va chez son avocat. Elle divorce. Elle trompe son mari. Il n'arrive pas à la tromper.

— La Noire, là-bas?

— Sympathique. Effrayée. Puritaine.

— La Vietnamienne?

— Fatiguée, fatiguée.

— La jeune femme blonde?

— Est-ce qu'elle fait un troisième enfant? Le combien sommes-nous?

— Le 24.

— Voilà.

— La brune en pantalon?

— En train de découvrir le féminisme émotif. Qu'est-ce qu'elle lit?

— *Les brumes de Cherbourg.*

— Tu l'as lu?

— Non. C'est bon?

— Tragique.

— Et la grosse mémé, là, avec son bouquet?

— Peut-être le meilleur coup à bord. Peau douce.

— Tu es un oral?

— D'abord.

— Je n'y comprends rien à ces histoires de philosophie, dit France. Il a été nazi, celui-là, oui ou non?

— Heidegger? Oui.

— Explique.

— Oh non.

— Alors, quoi?

— On reprend Villon :

« L'an quatre cens cinquante six
Je, Françoys Villon, escollier
Considerant, de sens rassis,
Le frain aux dents, franc au collier... »

— 1456? Le *Lais*?

— Le Legs, Petit Testament. Il a vingt-cinq ans.
Dans une rixe à propos d'une femme, il a tué un
prêtre, Philippe Sermoise. Ça s'arrange, mais il
cambriole le trésor du Collège de Navarre. Il est de
nouveau en fuite. Écoute bien les octosyllabes, Je,
Françoys Villon, escollier, un / deux-trois-
quatre-cinq / six-sept-huit. Ça roule, ça coule.
Borne dans le français, pas de mousse. Le vrai
moule. Il traverse les siècles, bonjour. Apprends-le
par cœur, l'effet viendra peu à peu. Exemple :

Au mois de mai quatre-vingt-huit,
Je, Philippe Sollers, écrivain,
Bien réveillé, lucide en bite,
Calme, allongé, la plume en main...

— Tu charries.

— Mauvais goût pour démasquer le mauvais
goût.

— Qu'est-ce qu'il est devenu après 1463, Villon?

— On ne sait pas. En Angleterre, peut-être. Ou
bien retiré, religieux, à Saint-Maixent en Poitou.
Anecdotes incertaines reprises par Rabelais. La

30

phrase qui me fait frémir? Celle-ci (on est en mars 1462) : « Peu de temps après, toujours caché dans les environs de Paris, il écrit son *Débat du cœur et du corps.* » Décasyllabes... « Plus ne t'en dis. — Et je m'en passeray »... Dialogue fou, si on y pense.

— On va au cinéma?

— Si tu veux. Quoi?

— Un vieux Jouvet, *Entrée des artistes.*

— D'accord, habille-toi. Quelle heure est-il?

— Deux heures et demie.

— Tu n'as pas faim?

— Après le cinéma.

— Si on prenait un bateau-mouche?

— Pourquoi pas? Touristes?

— La semaine prochaine, les musées.

— Paris est à nous.

— Un peu. Il n'y a personne.

— Comment c'était quand tu es arrivé?

— Pareil. En plus noir. Arrête la télévision.

— Je prends le bain la première.

— Dépêche-toi.

Parle-moi, parle-moi encore. On va où tu veux. Taxi, ville ouverte. C'est facile, il suffisait de le décider. Quatre ans d'occupation? Mais non! Quarante ans! Deux siècles! Je ne t'explique pas, il faut aller vite. Pense seulement à tout ce qui se passe en même temps que nous : hôpitaux, misère, éblouissements latéraux, calculs, enfance, découvertes... Pressons le pas... Tu respires, je respire, je prends ton poignet, miracle suffisant, glissant... Ordinateurs en folie, valse instantanée des actions... Et puis retour au noir, porte bien fermée, personne... Inceste? Tu parles! Quel mot!... Tiens, lis cette lettre d'un ami, de Beyrouth... Et cette autre, là, de Moscou... On est en fuite, ici, maintenant, sur place. Parenthèse. Ça durera ce que ça durera. Oublie tout. Je t'aiderai pour l'Université universelle. Un jeu comme un autre, c'est l'école partout. L'entreprise clinique en école.

— Tu vas encore te faire tabasser, Pap.

— J'ai l'habitude.

— Ça ne peut pas s'arranger?

— Non.

— Pourquoi?

— On n'explique pas! On passe!

— Tu l'écris?

— Oui : *Histoire de France.*

— Un roman?

— Court.

— Mais le titre est mauvais! Il va faire confusion! On croira qu'il s'agit d'un manuel d'histoire!

32

— Manuel je suis.

— Tu te rends compte s'il y a un exemplaire qui s'égare dans une bibliothèque scolaire?

— Aucune chance. Chacun fera son devoir. La malveillance veille! Jour et nuit! Et pourtant, je tourne!

— Tu vas te faire interdire!

— Je le suis déjà. Je tourne quand même.

« Je ne suis homme sans default

Ne qu'autre acier ne d'estain

Vivre aux humains est incertain

Et après mort n'y a relais

Je m'en vais en pays loingtain. »

— Où?

— Ici même. On ne bouge pas. C'est la ruse. Tu es aussi invisible que moi. C'est mon destin, c'est le tien. Tu l'acceptes?

— Je t'aime.

— Et celle-là?

— Avec son père? Regarde-les. Ils ne peuvent pas se regarder vraiment.

— Pourquoi?

— Elle le voit au-delà de lui, il a honte. Œdipe à Colone. Lear. Ou encore l'Irlandais et sa fille. Elle est devenue folle. Il a écrit le truc de façon compliquée. Tu ne deviens pas folle, je dis les choses en clair. D'accord?

— Si possible.

— En principe, ce n'est pas possible. Elle *doit* être pétrifiée vivante, et lui aveugle. Elle *doit* devenir folle, il *doit* être obscur. A la hauteur de sa folie. Ténébreux, inconsolé. A interpréter dans la suite des siècles.

— Qui l'a dit?

— Madame et son prêtre. Madame et son philosophe. Madame, s'il le faut, dans les deux rôles à la fois. Le Temple est gardé! Il était une fois un courageux Français...

— Français d'abord?

— Eh oui! Dévouement! Tradition secrète!

— Tu m'aimerais moins sans mon prénom?

— Aucun doute.

— C'est gai.

— Fatalité! On m'interpelle? Je réponds!

— A côté?

— Toujours! D'un bond!

— Mais ce n'est pas toi qui m'as donné ce nom!

— Qui sait?

— Ton idée, c'est quoi? Toute l'Histoire : père et fille?

— C'est le maillon faible. On y va. Mère et fils :

rengaine. Père et fils : tabou pervers et meurtri.
Mère et fille : scaphandre, asphyxie. Frère et sœur,
au-delà de la haine classique de frère à frère et de
sœur à sœur : troubadourisme moisi. Non, non,
j'ai raison. Le grand mystère nous appartient. Pont
d'Avignon! Papal! On y danse! Du nerf! Enre-
gistre, nom de Dieu! Repos. Je prends tout sur
moi.

— Et le Commandeur?

— Envolé! Disloqué! Enfin! La pièce est à
refaire. Don Juan est défendu par Elvire qui
demande au Commandeur d'aller se faire voir ailleurs. Le séducteur sort avec sa fille, témoin amusé
de ses aventures. Elvire applaudit. Dieu hoche sa
tête de triangle, ça le change. Et pour cause. Sganarelle n'en revient pas comme d'habitude. La
sagesse des nations s'endort. Les proverbes
retournent tous ensemble à leur amertume.
Musique et ballet. Entre le Roi, très satisfait, avant
qu'il retombe dans les mains de la Maintenon.
Quel beau soleil! L'Univers! On croit rêver! A la
mort de Maintenon, il y a au moins deux réactions
sincères. Madame, d'abord...

— Tiens...

— La Palatine. La grande. La femme hommasse
et à style de cette tante qu'était Monsieur. Elle écrit
à la raugrave Louise : « La vieille gueuse est crevée

35

à Saint-Cyr... La nouvelle de l'arrestation du duc du Maine et de sa femme l'a fait tomber évanouie... Un orage qui est survenu a fait rentrer la maladie, ce qui l'a étouffée. » Envoyé, non ? En général, elle appelle Maintenon : la vieille, le chiffon, la sorcière...

— Et l'autre ?

— Saint-Simon lui-même. Dangeau a noté : « Mme de Maintenon mourut à Saint-Cyr, le soir, après une fièvre continue qui avait duré un mois. C'était une femme d'un si grand mérite, qui avait tant fait de bien et tant empêché de mal durant sa faveur, qu'on n'en saurait dire rien de trop. » Et Saint-Simon, en marge, comme la foudre : « Voilà bien froidement, salement et puamment mentir à pleine gorge. » Tu comprends pourquoi j'aime le français ?

— Je vois.

— Pap ?

— Oui ?

— Rien.

Elle est allongée sur le divan. Je lisais, elle aussi. C'est la fin de l'après-midi, moite, immobile. Doucement. Vague sombre. Elle a des ennuis avec

Patrick? Madame revient à travers le doute? C'est une enfant, après tout. Il faut que je lui trouve une femme pour les moments creux. Mais laquelle? Maud? Plutôt.

— On dîne demain avec une amie. Tu vas l'aimer, je crois.

— Qu'est-ce qu'elle fait?

— Photographe.

Elle était avec moi en Chine, Maud. Reportage à Shanghai, Nankin, Pékin... C'était la première fois que je revenais là-bas, dix ans après les années folles... Y avait-il toujours la même porte de bois, à Xian, à l'entrée de la pagode de la Grande Oie? Et l'inscription rapide, au canif, derrière? Oui. Coucou! Jour de pluie, parapluie ciré jaune... Ma petite stèle à moi, indéchiffrable ou presque... VIL-LON... Photo de Maud... On discerne les lettres si on prend une loupe... VIL... Une vie qui ne se lit qu'à la loupe... J'aime bien foncer les yeux fermés, laisser une trace, revenir, clac... Cicatrice du temps...

Maud ne parle pas beaucoup. Elle écoutera. Elle me dira. Il s'agit simplement d'arranger les choses. Elle fera des portraits de France. Et puis quand même un — un seul — de nous deux. Officiel. Je détruirai les autres négatifs. Une image unique dans ma biographie posthume que je suis en train de faire écrire par un étudiant américain, Saul. Il vient deux fois par semaine, il trie ma correspondance. « Comment, X vous a dit ça? *Étonnant.* » Il copie, il classe, il demande. Maigre, anguleux, petites lunettes cerclées, laconique et souvent grippé. Il ne sait pas que France est ma fille. Je fais souvent semblant d'être plus fatigué que je ne le suis, absences, répétitions, trous de mémoire. Ça l'excite. Ses yeux bleus brillent. Il ne serait pas contre la bonne surprise que je disparaisse bientôt. Il est homosexuel, tendance réserve. Sympathique, cultivé, ignorant, comme la plupart des Américains. Il croit que la philosophie mène le monde. Il a horreur de la littérature, mais c'est sa passion. Il doit penser que France est une fantaisie provisoire. Abuser son biographe, c'est drôle. Je le lance sur de vraies fausses pistes compliquées. Il y court. Il connaît par cœur toutes les théories dont je suis, paraît-il, l'illustration dégradée. Il est imbattable sur mes erreurs. Sa thèse est que je suis un tissu symptomatique d'erreurs. Il me comprend mieux que moi-même. Je lui ménage des découvertes partielles. Il range, il photocopie, il brûle, il entasse. Les lettres de femmes, elles, je les donne à France. Ça l'amuse un peu.

Il n'y a de bon père que mort. Je m'entraîne. Dormir est ma grande affaire. Sommeil, image de. Un peu plus profondément chaque jour. Enfonce-toi. Encourage l'espace à se recomposer au-dessus de toi. Une fois sur trois, j'en sors titubant, ivre. Au petit déjeuner, France me demande si j'ai bien dormi. Et toi? Comme un charme. Elle a très bonne mine. Elle s'étire. Elle a mis un de mes pyjamas, trop grand pour elle. Elle est chez moi, aujourd'hui. Il fait gris. On boit notre thé en silence.

Et maintenant, réchauffe-moi, donne-moi tes bras. Des regrets? Non. Tout a passé si vite. Ils l'ont tous dit, plus ou moins, mais il faut le découvrir d'un coup. Toi qui lis avec distraction, attends-toi à la même épreuve. « Comme un rêve? » Mais oui.

« Premier, je donne ma povre ame
A la benoiste Trinité,
Et la commande à Nostre Dame,
Chambre de la divinité,
Priant toute la charité
Des dignes neuf Ordres des cieulx
Que par eulx soit ce don porté
Devant le Trosne precieux... »

Confiance dans les anges? J'ai appris ça autrefois... Séraphins, Chérubins, Principautés, Vertus, Dominations, Trônes... J'oubliais les Puissances, comme par hasard...

— Si on allait faire un tour à Notre-Dame?

— Si tu veux.

« Item, mon corps j'ordonne et laisse
A nostre grant mere la terre;
De terre vint, en terre tourne;
Toute chose, se par trop n'erre,
Voulentiers en son lieu retourne... »

Tu marches, là, dans la rue, dans le vent contraire; tu marches et je marche avec toi; c'est bien toi qui marches, tu n'es pas une apparition ou un rêve, toi qui viens de moi et que je ne connais pas, on ne connaît rien ni personne, vite le scénario, la pièce est jouée, le film est fini juste avant d'avoir commencé. A Notre-Dame, il y a la foule habituelle, les cierges brûlent, plaine de flammes à mi-hauteur, un type joue de l'orgue, ça va et ça vient, ils rentrent, ils sortent, ils ne font qu'entrer et sortir sous les grandes rosaces noyées dans le bleu, comme si le gris de la pierre et des corps finissait à travers le rouge, le vert, le violet, le jaune, en cercle dans le bleu, le ciel intérieur de verre, paradis transparent, peint. Il y a bien longtemps que je ne suis pas entré ici. Oui, bon, je n'étais pas là quand tu es née, je ne t'ai pas tenue dans mes bras comme mes autres enfants, couloirs, nausées des cliniques, guichets de mairies, « comment l'appelez-vous? », écriture greffière à la plume, gothique transmis jusqu'à nous, la loi. Tu aurais raison de m'en vouloir. Tu m'en veux sans doute. Madame t'a fait baptiser à New York? Oui? Étrange. On s'assoit, on écoute l'orgue. Tu prends ma main.

Madame est à Paris, Madame veut me voir. Je la retrouve au Crillon, elle est électrique. Elle me *regarde*. Sait-elle quelque chose? Non, mais elle pressent, elle ressent. C'est une nébuleuse, maintenant, qui m'enveloppe de sa vibration, elle me guette. Est-ce que... Mais oui! Séduction! Elle s'offre!... Je n'exagère pas?... Ces yeux mouillés, ces lèvres entrouvertes... Elle pense qu'elle est à peu près de mon âge, et qu'on n'est pas si mal pour *notre* âge... Oh, le gouffre!... Rire!... Stupeur!... Elle a humainement et socialement raison, rien à dire...

— Il paraît que vous vous entendez très bien avec France?

— A merveille. Elle est délicieuse.

Pas de doute, je l'excite... Elle est obligée de penser que c'est elle que je recherche à travers ma fille... Sa fille, plutôt... Une image imparfaite d'elle-même, moins convaincante, moins dans le coup?... Père et fils, mère et fille... Insoluble... Sans cesse sur le modèle mère et fils : je l'ai fait, vous n'allez quand même pas me le préférer?... Dieu et sa créature... Logique sentimentale en miroir... Aveugle... Ah non, Madame ne va pas venir se mettre entre nous? Fantasme qu'elle me rattrape au tournant? Qu'elle se remarie encore une fois et, dans ce cas-là, au finish? Madame ne se voit pas, comme tout le monde. Elle doit trouver France immature, bébé, sans sexe. Elle l'imagine en poupée. Si je m'intéresse à France, ce ne peut être qu'un désir inconscient pour elle-même...

— Vous m'invitez à dîner?

— Tout de suite.

Je téléphone à France. « Avec maman? Ah bon. » Elle ne va pas se laisser impressionner? Commencer à penser que les vieux doivent se retrouver ensemble? « Je sors avec Patrick »... Oui, oui... « J'irai peut-être danser, je risque de rentrer tard »... Bien sûr. Et c'est moi qui deviens « maman », vers trois heures du matin, après ma séance de dérobades avec Madame. Pas facile sans être grossier. Elle passerait maintenant sur tout, Madame. Sur mes désordres, mes livres pas sérieux, mes idées simplistes...

— Je ne me rendais pas compte que vous étiez si connu...

— Oh, un peu. Sauce médias. Ça ne va pas loin.

Mais si, ça pourrait aller loin, Madame est prête à surfinancer l'entreprise. Petites questions d'argent, là, mine de rien... La fortune de France... Les propriétés, les titres...

Quatre heures, et ma riche héritière n'est toujours pas là. Elle doit se faire sauter maladroitement dans une voiture ou sur une moquette. J'éteins.

— Il veut qu'on se marie dans trois ans.

— Raisonnable.

— Mais il voudrait habiter en province.

— Où ?

— Grenoble. Son père est chirurgien là-bas.

— Exige Paris.

— Je le lui ai dit.

Dans trois ans, elle aura 21 ans... Deux enfants tout de suite... 23-24, l'âge qu'avait Madame quand elle est née... On se retrouve, elle a 25 ans, une autre aventure... Saul n'en a pas fini avec des surprises dans ma biographie... *Shit*! Il n'arrive pas à vieillir! Sa mort nous échappe! Encore des rebondissements? Et mes cours? Mes conférences? Mes préfaces? Mes nouvelles éditions? Mes télévisions?

Je l'embête, Saul, je ne facilite pas sa carrière. C'est le type de trente ans d'aujourd'hui, pressé, déprimé. J'ai l'impression qu'il s'est mis à boire de plus en plus (« Je peux prendre un autre whisky? » C'est le cinquième. Il est ivre, il n'écoute rien de ce que je dis... Il s'enferme, il saborde son existence avec détermination, comme je le comprends...).

— Il faudrait reprendre du côté de l'enfance, dit-il dans un bâillement.

— La prochaine fois, dis-je. Encore un verre?

— Pourquoi insistez-vous tellement sur Villon? C'est récent?

— Le rythme. Tout dans l'octo.

— Pardon? (Il rebâille.)

— Le *huit*, bordel! Le grand huit brodé, infini! Do-ré-mi-fa-sol-la-si-do! La gamme!

« Mais quoi? Je fuyoie l'escolle
Comme fait le mauvais enfant
En escripvant ceste parolle

A peu que le cuer ne me fent... »

Il consent à gribouiller quelque chose...

— Le huit ou le dix! Ballade au concours de Blois!

« Je meurs de soif auprès de la fontaine
Chaud comme feu, et tremble dent à dent...
Rien ne m'est sûr que la chose incertaine... »

— C'est une philosophie en soi? (Il empâte.)

— Oui, oui! Et retour au huit! « On doit dire du bien le bien. » Très français, ça, dire du bien le bien. Ou dire du mal le mal. Capital!

— A quel sujet, le bien du bien?

— Mais Marie d'Orléans, bon sang! Sa naissance! 1457!

« Marie, nom tres gracieulx,
Fons de pitié, source de grace
La joye, confort de mes yeulx,
Qui notre paix bastist et brasse! »

Je le laisse avec son sixième whisky, affaissé, opaque... Je sors retrouver France au jardin...

Saul m'a montré ses écrits avec des précautions de modestie tordues, pleines de suffisance. Si j'ai bien compris, il est dans la tradition désespoir métaphysique, horizon bouché, occupation des organes, sol qui se dérobe, épluchures, déchets. Dans la première nouvelle, classique, il se croit transformé en chien. Il ne sait plus s'il est un chien qui rêve d'être un homme ou un homme qui rêve qu'il est un chien. Il regarde un autre chien sur le trottoir. Il pleut. Il fait son tour de pâté de maisons habituel. Une femme tient l'autre chien en laisse. Tout à coup, il la reconnaît : c'est sa femme. Elle s'arrête longtemps contre un marronnier en fleur. Ils rentrent ensuite dans un appartement surchauffé. La télévision crie, les enfants crient, sa femme crie. Il aboie. Puis va vomir dans le lavabo. Revient dans le living. Et, là, s'aperçoit qu'il est sourd-muet depuis toujours. Fin.

La deuxième nouvelle, encore plus théâtrale, est aussi réussie : trois garçons à moitié nus, le crâne rasé, rampent dans la boue. Ils parlent une langue inconnue, sorte d'araméen truffé d'arabe avec de grandes lapées d'onomatopées. On comprend qu'on est après le déluge, le halètement sexuel s'accroît. Une femme en haillons entre avec une pancarte sur laquelle on peut lire : « L'animal est l'avenir de l'homme. » Les garçons, toujours prophétisant et grognant, se reniflent les uns les autres, s'agglutinent, se montent, s'enculent, tandis que la femme, montée sur une échelle, hurle à intervalles réguliers. Saul a une proposition de mise en scène en banlieue. « Des gens que vous ne connaissez pas », dit-il, et il

46

faut entendre : « Des gens pour qui, sale vieux con superficiel, vous n'existez même pas. »

— C'est très suggestif, dis-je. Très cohérent.

Le troisième texte est plus concentré. C'est l'histoire d'un os. Un fémur. Amnésique. Il ne se rappelle plus à qui il a appartenu. Lieu : cimetière. Méditation du fémur. Une femme en noir passe, va fleurir une tombe. Elle ramasse le fémur et rentre chez elle. Elle le pose sur sa table de nuit, va pisser, le contemple. Long monologue de la femme en noir : elle vient d'avorter pour la troisième fois, elle hésite sur la marche à suivre. Je résume, évidemment. Le fémur lui répond, par petites phrases sèches. Le village est soudain couvert de neige.

— Où sommes-nous ? dis-je.

— Sur la côte normande. Elbeuf.

— C'est dur.

— Tableau des derniers temps, dit Saul. Réponse au fascisme et au narcissisme ambiant. Vous n'aimez pas ?

— Si, si. La femme en noir...

— Elle n'est pas en noir, elle *est* noire.

— Pardon.

— Et tous les os sont blancs, non ?

— Sans doute.

— Vous pensez qu'elle va se masturber avec le fémur ?

— Je n'ai pas dit ça.

— Mais vous l'auriez écrit?

— Dans un premier temps, peut-être.

— Eh bien, *justement*, elle ne le fait pas. Elle va le coucher dans un berceau, c'est plus fort!

— Poignant. Elle est folle?

— Il n'y a pas de fous, ni de folles! La maladie mentale n'existe pas!

— Vous êtes sûr?

— Évident. D'ailleurs, c'est bien ce que vous pensiez quand vous étiez jeune?

Sacré Saul... Je me sens honteux...

France, elle, ne veut pas écrire. Ça étonne Maud...

— Rien? Pas de poèmes? Des brouillons? Un journal intime?

— Je ne crois pas.

— Elle veut vraiment être prof?

— Il me semble. De lettres.

— Pas d'autres projets?

Elles sont allées faire des courses ensemble. Cinéma. Puis blabla dans un salon de thé.

— Elle évite de parler de toi, dit Maud.

— Normal.

— Elle est très réservée. Elle est au courant pour nous ?

— Elle aime beaucoup tes photos de Chine.

— Son copain est venu la chercher. Il n'est pas mal.

— Il paraît qu'il fera un très bon chirurgien. Mais il doit finir ses études.

— Elle aussi.

— Voilà.

Je reste seul, aujourd'hui. Madame est repartie sans appeler. « Ton père a beaucoup vieilli » : je peux être sûr de sa phrase. Y a-t-il eu : « Pap ? Il est plus jeune que jamais ! » ? Non. Sourire et silence. Ou alors : « Tu trouves ? », juste pour embêter Madame en passant, mais c'est peu probable : France est toujours conciliante, laisser détester, ruminer, s'énerver, on rentre, on ferme la porte... C'est bien la première fois que j'attache une telle importance aux cheveux, au cou, à l'odeur qui monte du cou dans les joues... Paysage... Il faut être malade ou convalescent pour sentir ainsi les blocs de détails... Pour respirer les couleurs... Le Hameau... Après mon accident... Oui, le Hameau, à Versailles... Je venais là... Le monde en noir, jaune et noir, dix kilos de moins, jambe en plâtre, foie du destin, révélation du rien dans la brume... Je venais là le matin, seul, je me

traînais, plutôt, vieillard de trente ans, sur un fil...
Jamais personne. Le coin du parc le plus reculé,
oublié, parterres de pensées pour fantômes, spectres
des moutons, échec Reine... J'appuyais bien fort
sur mes yeux pour me réadapter au soleil, pour
tout voir en rouge... Je connais l'endroit comme un
aveugle... Jamais personne!... Fontaines muettes,
allées, clairières, vides, bancs de pierre et silence
vert.

La Gamme?... Mais Marin Marais, bien sûr, je
ne vais pas forcer Saul à l'écouter!... Entends-moi
ça : le tissu, le crépuscule en sous-bois... Danse
grave, abstraite, continu sans cassure pour mieux
faire sentir l'interruption nette, voulue... On est
loin, on refuse le ciel ouvert... Entends ces trous
cachés dans la mousse, imagine les invisibles dan-
seurs... Tu sais qu'on est des animaux parlants, les
joujoux font grève, ils sortent la nuit de leurs
boîtes, ils parlent le La Fontaine, belettes, lapins,
hérons, chats, renards... Secousses du vent, on est
tragiques, mais toujours au deuxième degré, au
troisième... L'interrogation valant comme
réponse... Pas de début, pas de fin... Le sous-sol
bat, il y a des étangs, des biches... C'est austère!

C'est très orgueilleux!... Et noble et charmant, comme dans les allées cavalières... Chevaux sans montures... Sens la bride qui se tend toute seule, — à droite, droite — à gauche, gauche, *gauche*! — on est enragé, on ne communique jamais... *Pas de témoins*! Personne!... Et puis quelques confidences en cercle, quand même... Dans le taillis... Pas d'extérieur? Jamais? Non. Courage. Quelle déclaration! Pas cathédrale pour un sou, la forêt, à Versailles, Fontainebleau, Rambouillet... Pas Noire... Combat de roseaux... Un peu grave... Légèrement... Un peu gay... Sarabande... Très vivement... Doux... Gigue...

« Mais que j'aye fait mes estrennes,
« Honneste mort ne me déplaist. »

Il a écrit sa gamme en forme d'opéra en 1723, le violiste... Plus que le violon ou le violoncelle, la viole est un crime... Par-dessus, dessus, taille, basse... Au bras, à la jambe, à la gambe, plutôt, on ne dit pas *jambader*... Vous avez de bonnes gambes? Tu sais prendre tes gambes à ton cou? Toute la gamme! A l'endroit, à l'envers, à l'oblique endroit de l'envers... Boîte à outils : lime, râpe, tournevis, rabot, ciseau, couteau, scie, gouge, fraise... Vrillant quand il faut... Copeaux...

Tu es ma fille et tu es ma langue. Viens, ferme les rideaux, viens là.

Je te regarde marcher, anorak rouge, jeans, baskets blancs. Il a plu. Tes cheveux mouillés sont presque bruns, maintenant, comme ils deviennent blonds au soleil. Ta tête m'arrive au menton, j'ai une tête de plus que toi, mais tout ton corps, lui, est en plus, silhouette parmi d'autres sur le Boulevard. Tu es allée courir au Luxembourg, on se retrouve, on va à la poste, tu cours encore un peu devant moi, tu reviens vers moi, tu me prends le bras. Tu transpires. Il y a un peu de vent, glacis bleu au-dessus de l'Observatoire, gris-bleu sur les arbres, onde fraîche partout, sur les trottoirs et les toits. J'ai vu dix mille fois ces immeubles, ces fenêtres entrouvertes, ces tapis aux balcons, les reflets, la ville comme toutes les villes, je me dis que je suis enfin dans une ville étrangère, à Paris, pourtant. Tu lèves les bras, tu respires à fond. On va rentrer, tu prendras une douche, et puis tu seras en train de t'endormir ou de faire semblant. Il faut que ce soit comme si on n'avait rien fait. C'est très important.

Et musique!... La Bourrasque, le Rapporté, le Retour... Tombeau Les Regrets... Passacaille, chaconne, gavotte, menuet, courante, ballet tendre... Les Pleurs... « Joye des Elizées »... Rigodon, forlane en rondeau, musette... Le rossignol en amour... Guillemette... Les vergers fleuris... Les calotins et les calotines... Les folies françaises ou les dominos... Quoi encore? Mais les jongleurs, sauteurs et saltimbanques, avec les ours et les singes... Vielleux, gueux, tambourins, bergeries, commères... Et la favorite, les moissonneurs, les gazouillements... Chaque mot disparu pour nous seuls. Dictionnaire enchanté. Chut! Attention, sorcière! Ne va pas te confier! Ne va pas dire que j'écris cette langue maudite!... Les Dominos!... Sept à huit!... Do-ré-mi-fa-sol-la-si-do!

Ouvre la fenêtre, laisse la nuit se cacher partout... On vient de l'île Saint-Louis, Quai aux Fleurs... Pont-Neuf et puis Grands-Augustins, Conti, Malaquais, Voltaire... Tu as remarqué comme Paris a disparu des récits? Comme s'il n'y avait plus qu'une banlieue généralisée, anonyme? Comme le fleuve ne coule plus? Ni les rives? Comme les jardins sont muets? Les avenues? Les allées? Comme les arbres sont abandonnés, pas un regard, pas un signe? Même les morts ont disparu, ils n'aiment pas fréquenter les morts... Quai des Orfèvres, Place Dauphine... La Conciergerie arrachée à sa doublure de cris...

« Où sont les gracieux gallans
Que je suivoye au temps jadis,
Si bien chantans, si bien parlans,
Si plaisans en faiz et en dis?
Les aucuns sont morts et roidis
D'eulx n'est-il plus riens maintenant :
Repos aient en paradis,
(Do ré mi fa sol la si!)
Et Dieu saulve le remenant! »

Je connais les dossiers, tu sais, ils ne changent pas, ils se gonflent, question technique... Je suis commissaire au temps, reporter spécial en durée, employé au chiffre, spécialiste des fonds secrets. Va, va, mets ton père en doute, c'est la loi, le poids, la courbure. Mais souviens-toi : Bourrasque! Rapporté! Tombeau Les Regrets!... Sieur de Sainte-Colombe... On ne sait presque rien de lui, il vit dans l'archet... Excuse-moi, mais je suis là pour toujours, dans ton lit, dans ta salle de bains, dans ton sommeil, tes bijoux, tes crèmes... Là dans les cliniques, au commencement, à la fin... Là au cimetière, dans le cercueil d'à côté, tu m'entends? C'est moi le vampire, on a oublié de me planter un pieu en plein cœur... Donne ta veine... Tu es immortelle... Je descends dans le noir, un crucifix à la main...

— La phrase exacte est : « Après quoi je descendrai hardiment, le crucifix à la main, dans l'éternité. »

— Relis-moi le passage.

— « En traçant ces derniers mots, ce 16 novembre 1841, ma fenêtre qui donne à l'ouest sur les jardins des Missions étrangères...

— 112, rue du Bac, rez-de-chaussée...

— ... est ouverte; il est six heures du matin; j'aperçois la lune pâle et élargie; elle s'abaisse sur la flèche des Invalides à peine révélée par le premier rayon doré de l'Orient; on dirait que l'ancien monde finit, et que le nouveau commence. Je vois les reflets d'une aurore dont je ne verrai pas se lever le soleil. Il ne me reste qu'à m'asseoir au bord de ma fosse... »

— Stop.

— Qu'est-ce que tu préfères?

— « J'aperçois la lune pâle et élargie. » Les A... A-E-O-U-I.

— A noir, E blanc, O bleu, U vert, I rouge?

— Parfaitement. Séquence suivante.

— « Je venais de comprendre pourquoi le duc de Guermantes, dont j'avais admiré, en le regardant assis sur une chaise, combien il avait peu vieilli bien qu'il eût tellement plus d'années que moi au-dessous de lui, dès qu'il s'était levé et avait voulu se tenir debout, avait vacillé sur ses jambes flageolantes comme celles de ces vieux archevêques...

— Tiens...

— ... sur lesquels il n'y a de solide que leur croix métallique...

— Tiens, tiens.

— ... et vers lesquels s'empressent des jeunes séminaristes gaillards...

— Cher Marcel.

— ... et ne s'était avancé qu'en tremblant comme une feuille, sur le sommet peu praticable de quatre-vingt-trois années, comme si les hommes étaient juchés sur de vivantes échasses, grandissant sans cesse, parfois plus hautes que des clochers...

— Encore!

— ... finissant par leur rendre la marche difficile et périlleuse, et d'où tout à coup ils tombaient. »

— Stop. Tu vois le film? Les Invalides? La fosse? Les échasses? Tu entends la solidité métallique?

— Bon, bon, d'accord.
— Remets *La Gamme*. Plus fort.

On rencontre Lili... « Célimène »... Merde... Il faut parler un peu dans la rue... Comment ça va et gnagna... Vite les yeux sur France de haut en bas, femmes entre elles... Cette façon qu'elles ont de s'évaluer au couteau, de se peler le contour... Je lui vois tout dans la tête, à Lili, l'hostilité bétonnée, la vésicule gluant sur les lèvres... Cinq ans en arrière... Elle avait bien vingt-deux? Vingt-trois?... Minois de charme... Petite tangente en passant... Elle commençait à chanter, elle était déjà célèbre... Un tube rock : *Laser*... Elle comptait sur moi pour sa publicité, photos, échos, magazines... Il aurait fallu aller à Marrakech... Avoir une passion orageuse sous les projecteurs... Elle va passer au *Zénith*? Bravo! Une soirée entière sur la Cinq? Encore mieux!... Et celle-là? Qui? France? Débutante?... On les prend de plus en plus jeunes à présent... Concurrente possible?... Je vois les yeux noirs de Lili, en biais, se dilater et se contracter, elle doit prononcer, mentalement, les formules de conjuration rituelles... Ciao! A bientôt!

— Une de tes anciennes?

— Il me semble. C'est flou.

— Ça marche pour elle?

— Pas si bien. Elle a eu trop de types à la fois. Perte de mystère. Elle va être obligée de se replier sur un homme politique influent.

— Tu aimes ce qu'elle fait?

— Plutôt. Le côté enrhumé.

— Nasal?

— Rhinointestinal. Le déhanchement est un peu rigide.

— Elle coule bien les bras.

— Oui, mais pas assez les épaules.

— Tu es injuste.

— Bouche trop dure. Son menton la gêne. Mâchoires crispées. Elle a un aspect hôtesse de l'air.

— Tu as eu beaucoup de chanteuses?

— Quelques-unes. Tendance au chantage. Tu les embrasses sur le front, leur agent est là le lendemain. Il faudrait signer sur-le-champ pour les rumeurs. Ta place est retenue pour des générales de théâtre, des projections privées, des hôtels-piscines, les photos sont publiées avant d'être prises. Les parfums sont sur le coup, les foulards Y, les slips X. Tu deviens un torse nu faire-valoir. Je ne peux pas.

— Hypocrite. J'ai vu un reportage sur toi. A Cannes.

— Tu rêves.

— Non, non, dans *Playmen*.

— Nu?

— En blouson.

— Tu vois.

— Ça te rajeunissait.

— Tant mieux.

— Avec une femme d'affaires.

— La chaîne de restaurants?

— Non, les stylos. J'ai oublié la marque. Une grande blonde, très mince.

— Ah oui. Un malentendu.

— Qui reste.

— Tu crois?

Saul, avant-hier : « Il faudrait quand même que vous fassiez de l'ordre! Sinon, le bouquin sera impossible! Tous ces documents vous menacent! Un vrai foutoir! Pensez à votre œuvre! »

— Il dit *œuvre* comme s'il disait *âme*. Une « œuvre » menacée par la pub? L'écriture anéantie par les clips? Le rythme effacé par la télé-choc? C'est leur rêve moral : moi-pas-pub-marginal-écrire-noire-connerie-désespérée-sublime. Eh, Luther, ça aussi c'est prévu par le programme de l'intox!

— Ton projet pour Don Juan? L'Opéra?
— Je l'écris pendant le week-end.
— Je vais avec Patrick à Deauville.
— Tu rentres dimanche soir?
— Après dîner.
— Lundi matin, alors. Et de bonne humeur?
— Sans faute.

— Bon, lis-moi.
—   DON JUAN, DE NOUVEAU

Qui est Don Juan? Avant tout, quelqu'un qui tient sa position, de bout en bout, avec une force d'affirmation nue, continue. De Molière à Mozart, ce *oui* résonne de manière rusée, désinvolte. On entend le *non* de Don Juan au Commandeur, on se replie frileusement dans ce *non*, pour ne pas entendre le *oui*. D'où vient-il? De quoi est-il fait? Comment est-il possible?

Tartuffe attaquait les dévots plus que la religion. *Dom Juan* attaque le raisonnement du ressentiment lui-même. Louis XIV pouvait accepter la première pièce, pas la seconde, car la seconde met l'individu souverain au-dessus des convenances

60

nées du refoulement permanent. L'affirmation de Don Juan rend fou : écoutez le discours de Sganarelle, tissu de banalités déchirées, panique du stéréotype moral. Et la conclusion de son maître : « Le beau raisonnement ! » Le raisonnement humain, en tant que tel, est défié dans sa logique domestique, comme il le sera plus tard dans les *Poésies* de Lautréamont. « La mouche ne raisonne pas bien à présent. Un homme bourdonne à ses oreilles. »

Aux dix-septième et dix-huitième siècles, la fin de Don Juan est inéluctable. La scène ne pouvait pas aller plus loin. La statue emporte un corps vivant dans les abîmes du feu (c'est une ascension christique à l'envers). Ici, Baudelaire, dans *Don Juan aux Enfers* :

« Tout droit dans son armure, un grand homme
de pierre
Se tenait à la barre et coupait le flot noir ;
Mais le calme héros, courbé sur sa rapière,
Regardait le sillage et ne daignait rien
voir. »

Don Juan est « calme », il « regarde le sillage »... Il est en possession d'un savoir que ne peuvent atteindre les autres personnages : ni le mendiant, ni le valet réclamant ses gages, ni les femmes « victimes offertes », ni son père, ni

Charon, ni, après tout, le Diable. Baudelaire ose un pas de plus : Don Juan, aux Enfers, « ne daigne rien voir ». Il a vu tout ce qu'il y avait à voir. Le principe aristocratique personnel est maintenu jusqu'au fond des ténèbres.

Un pas supplémentaire? Il faut d'abord comprendre ceci, qui est très simple : par sa seule détermination, Don Juan fait apparaître les comportements et les réalités humaines comme autant d'hallucinations. Ça se convulse de plus en plus autour de lui parce qu'il tient son cap, son sillage à l'intérieur du sillage. C'est un poisson que le clergé philosophique s'emploie, par tous les moyens, à noyer. Seule une baleine pourrait aujourd'hui nous sauver! Tu ne traverseras pas les apparences! On te retiendra dans le visible, le reproductible! Tu es pris dans les phénomènes, c'est la Loi! Eh bien, non. Vous mentez tous, votre existence même est un pur mensonge. Vous n'avez à m'opposer que des histoires de bonnes femmes, un chapelet de lieux communs et de préjugés indigents. Don Juan, héros de la généalogie de la morale : Nietzsche va venir, mais rater, comme Goethe, la marche féminine. Méphistophélès est français : conseils à l'Écolier, sachez d'abord mener les femmes, leurs éternels bobos et chichis, leur éternel *hélas* (*ewig ach*!), tout cela se traite à partir d'*un seul point* (*einem Punkte*!). Nerval traduit : « par la même méthode ». Mais non : *le point*. Vous vous improvisez médecin avec, de préférence, un titre très honorifique, vous restez « à moitié décent » (attention : conseil capital), les lacets du corset sont à vous, bonne pêche.

Dom Juan, Don Giovanni, Don Juan : Dominus, la maîtrise de son propre don. L'Évangile de ce nouveau Jean comporte une théorie du don. L'accent mis sur le don (les femmes se donnent, ou bien, quand elles se refusent, c'est pour servir des intérêts inavouables qu'il est d'ailleurs intéressant de leur faire avouer) bouscule l'échange, la réciprocité, la Bourse, le marché. Le tableau préféré de Don Juan aujourd'hui? Les Tournesols ou les Iris de Van Gogh, érections solaires, brassée de phallus bleus et verts. Christie's et Sotheby's bouillonnent. Le dollar ne sait plus où donner de la tête, les Japonais montent en ligne (une compagnie d'assurances pour les Tournesols, un Commandeur anonyme pour les Iris). C'est tellement clair. Mais Don Juan ne se coupe pas l'oreille, il ne l'offre pas à une prostituée, sa fureur désirante est passée directement dans les fleurs. Les jeunes filles en fleurs en prennent un sacré coup dans l'aile. Les fleurs du mal (ou du mâle) crèvent le plafond de Wall Street. Toujours la même comédie.

Un pas encore? Anna, brusquement, prend le parti de Don Juan contre son papa. Elle renvoie Ottavio à son sirop sentimental. Elle trahit, elle choisit le héros insaisissable. Elle lui fait une fille. Cette dernière rentre dans le jeu de son père. Don Juan et sa fille, en pleine lolitation, écument la société du spectacle, révèlent les hypocrisies tourbillonnantes. Elvire se rallie. Scandale inouï.

« Mes gages! mes gages! » crie Sganarelle. Don Juan est dégagé. Il ne paie pas ses dettes. Il fait la charité « pour l'amour de l'humanité », pas pour le respect de l'Argent et de son Dieu implicite. « Jure contre l'Argent! dit-il au mendiant. — Non. — Je te donne quand même, l'argent n'est rien. » Blasphème radical.

L'Un – Femme. Le fantasme de « La Femme » mis à la place de Dieu. *Écrasons l'Un-Femme!* Voltaire était sur la voie. Don Juan, lui, y va carrément. Philosophie des Lumières? Autant de lumières que de femmes? Bien vu.

Repens-toi! Non. Le *repentir* n'est rien d'autre que la reconnaissance de dettes du sexe. Et si le sexe n'était pas monnayable (sauf dans la prostitution tolérée)? Si, à la lettre, il n'y avait *rien* à en tirer? Aujourd'hui Don Juan serait sollicité, en douce, par des banques de sperme. Il serait poursuivi par des mères porteuses, le Commandeur serait anesthésiste. Elvire derrière Don Juan, des paillettes à la main : « Tu m'as promis de me laisser inséminer! — J'ai changé d'avis, le Ciel et le Saint-Siège s'y opposent. » Le Commandeur-gynécologue : « Si! Si! Laisse-toi faire! *Repens-toi*! — Non. »

Dans une récente émission de télévision sur Don Juan, l'interminable plan final montrait un acteur déclamant un poème déprimé dans un cimetière. On ne peut pas faire plus exact dans le contresens.

Le Commandeur : « Tu n'as pas peur du Sida? »

Don Juan : « Non. »

Le Commandeur : « Tu l'auras! Tu l'auras! Repens-toi avant de l'avoir! Au test! Anna, les seringues! »

Le Commandeur : « Je l'aurai quand il sera en coma dépassé! »

Nouveauté à introduire : la *mère* de Don Juan. On ne peut pas la voir dans l'espace classique, et pour cause. Aujourd'hui, cadrage : on découvrirait autre chose. Elle *voulait* qu'il fût homosexuel. Et lui : non. *Non serviam !* (Ici, la grande scène dans le bordel d'*Ulysse*, de Joyce, quand Stephen, d'un coup de canne, abat le lustre et renvoie le spectre de sa mère aux Enfers.) Jugement de Baudelaire au début des *Fleurs* : « Les bûchers consacrés aux crimes maternels. »

Le rire de la raison dévoile les monstres. Don Juan est d'abord espagnol dans la réalité. Ensuite français dans le texte. Puis italien dans le scénario. Enfin génialement autrichien en musique. Et enfin russe par surprise. Da Ponte et Casanova. Sade et Mozart. Puis Baudelaire. Puis Lautréamont. Puis Joyce. Céline et Virginie à Londres, Nabokov passant papillon. Puis personne. Résultat : le vingtième siècle en deuil. Nihilisme généralisé.

Pause.

Don Juan n'a été qu'interprété. Il s'agit de le transformer.

France : Pas mal, mais il faudrait pousser le rôle de la fille.

— J'y pense.

— En plus concret. Trop de références littéraires.

— Il les faut. Relativité.

— Des scènes, des paysages, des sensations, des actions.

— Il y en aura. Exemple : elle est assise sur le bord du lit, elle a pris les papiers, c'est l'été, le matin, elle vient de courir pendant une heure dans le jardin, blonde et bleue, légère, marquise jogging, et maintenant pieds nus. Il tient sa cheville droite...

— Je n'aime pas tellement que tu traînes en pyjama...

— ... dit-elle, et ainsi de suite.

— Lève-toi !

— Non, je redors.

(Elle lui lance un oreiller à la tête.)

Elle : Debout, vieille guenille !

Lui : « Oui, mon corps est à moi et j'en veux prendre soin,

Guenille si l'on veut, ma guenille m'est chère. »

Elle : Va te raser !

Lui : Philaminte ! Armande ! Bélise !

Elle : Vadius! Trissotin!

Lui : Fripière d'écrits, impudente plagiaire!

Elle : Barbouilleur de papier, opprobre du métier!

(Ils se battent vraiment. La caméra passe par le balcon et va se perdre dans les marronniers du parc où les oiseaux crient.)

II

Oui, oui, le ruban noir dans tes cheveux blonds. Oui, la veste de velours noir. Non, pas de collier, ni de bracelets, ni de boucles d'oreilles, ni de bagues. La broche d'or, c'est tout. Pas de rouge à lèvres aujourd'hui. Tu es belle.

Va nager. Pense à moi en plongeant. Je t'aime.

L'instinct... Pas bien vu, ça, l'instinct. Et pourtant. Sang donnant de la voix, écho rouge. Tu es là parce que tu devais être là. Ah non, parlez-nous de pulsion, instinct ne s'emploie plus, notion préscientifique, suspecte, confuse. *Instinct* : mouvement naturel qui pousse à faire certaines choses sans le secours de la réflexion. Réflexe sans réflexion? Voilà. Buffon : « Tous les animaux ont en soi un instinct qui ne les trompe jamais. » Faute humaine : ne pas écouter son instinct. Signification ancienne : impulsion, instigation. Exemple : « Agir à l'instinct du démon. » C'était couru, le démon, dans cette affaire. *Instinctus, instinguo* : pousser, exciter. Une excitation qui pousse. Ou qui repousse. Une répulsion instinctive. Un attrait d'instinct. Apprenez à réprimer vos instincts!

Instinct : rallumer l'instant qui s'éteint.

On décide qu'on ne sait rien. On lit les dictionnaires. En fonction de ce qu'on ressent. Es-tu d'accord avec : « L'instinct se rapproche du désir : il s'en distingue par sa complexité, il suppose la coordination de mouvements multiples en vue d'une fin d'ailleurs ignorée... »

— Ignorée?

— Mmm...

— « Il se distingue de l'habitude, au moins en apparence, parce qu'il est inné, ne s'apprend ni ne s'oublie... Il est *irréfléchi* (pas sûr), *spécial* (d'accord), *spécifique* (mais pas dans le sens courant qui veut qu'il serait le même chez tous les individus d'une même espèce : tu parles!), *immuable* (oui et non). » Immuable? « Les ruches des abeilles sont aujourd'hui ce qu'elles étaient à l'époque où furent construites les pyramides d'Égypte. »

— Tu te souviens de moi en Égypte?

— Immédiat! Barque solaire! Canards volants! Roseaux! Papyrus! Bleu Nil!

J'ai oublié de dire que France a deux chats.

— Occi...dent! O...ri...ent!

Occident est gouttière gris tigré noir yeux jaunes. Orient, siamois, dos et masque noirs, ventre sable, yeux bleus saphir clair. Occident me préfère, Orient m'évite... Mais vous voulez sans doute parler d'éthologie avec votre instinct? D'*empreinte* (en allemand *Prägung*, en anglais *impriting*)? Comme pour les goélands? Les papillons? Les poissons?

— Oriii...ent!

Je passe à travers les mailles du filet, depuis toujours, pour toujours... Museau... Musette... Déclic sur le tapis... Frémissement du mollet... Moelle épinière... Froid vif cervelet... N'oublie pas, rien d'autre... Petit vent au-delà des vignes... Glaïeuls rouges sur l'acajou du piano...

— Tu crois qu'on pourrait te lire à New York?

— Non. Pas pour l'instant. Un jour. Ou alors un amateur improbable. Vue sur Central Park. Après-midi vide. On ne sait jamais.

Je revois l'atelier de Maud, il y a dix ans... Les murs bleus, la lumière violente, les projecteurs et les parapluies blancs, l'escalier à pic, dans le Village... Intrigue... Comme dans les films... Mythologie de New York? Police!... Sirènes, cent acteurs survoltés, voitures dans les vapeurs, évacuation des corps... Je montais chez elle vers sept heures. Elle avait fini ses spots publicitaires. Whisky et musique. Rameau... *Dardanus*... *Pygmalion*... *Anacréon*...

« Le vol du temps qui nous presse
Nous fait mieux sentir le prix
De l'instant fortuné que le désir nous laisse »...
Qu'est-ce qu'on a ri!

Ballet en un acte, troisième entrée ajoutée aux *Surprises de l'Amour*... 1757... Télévision sans le son... Police!...

« Le théâtre représente l'appartement d'Anacréon. »

Matelas par terre...
« Point de tristesse!
Buvons sans cesse!
Passons nos jours
Dans les amours
Et dans l'ivresse! »

Hangar loin de tout... Les Français du douzième étage... La petite photographe brune et son french boy... Gentils...

Chœur des ménades :
« Quel bonheur, quelle gloire!
Tout s'unit pour nous enflammer
Bacchus ne défend pas d'aimer
Et l'Amour nous permet de boire! »

Bourguignon, Rameau... Ça se sent un peu...
Tant pis... Et *La Mer,* du rose-croix Debussy,
vaporisant le décor... Et retour aux *Indes
Galantes*... Entrée des quatre nations... Air polo-
nais... Menuets... Air pour les guerriers portant les
drapeaux... Air pour les Amours... Air pour les
esclaves africains (chut!)... Rigodon et rondeau...
Air des sauvages (chut! chut!)... Contredanses...
Ritournelle. Loure en rondeau (*lourer* : lire les
notes en appuyant sur la première de chaque
temps)... Passepied et air vif (« je te le danse! »)...
Pavane (Espagne!)... Gavotte, gigue, chaconne
(encore!)... Orage (magnifique, l'orage!, et dans la
partition, simplement : *pluie*)... Air pour Borée et
la rose (souffle, goutte qui tombe, pétale)...
Marche des Persans (chut!)... Air grave pour les
Incas du Pérou (rechut!)... Adoration du soleil
(« personne ne nous voit? »)... Les mots qui
reviennent le plus souvent?... *Modéré, doux, fort,
vite, gai*... N'oublions pas *gracieux*... So nice!

J'avais apporté tout ça de Paris... Anacréon à la
douane!... Importation de pornographie... Entrée

de viande douteuse... Tête des adventistes et des épiscopaliens locaux... Et Charpentier! Encore plus grave... Motet pour l'offertoire de la messe rouge... *Pour une longue offrande*... La Sainte-Chapelle en transit... Rien à déclarer?

« O Deus, O Salvator noster, quam dulcis, quam clemens, quam mitis, quam bonus, quam patiens, humilis et mansuetus! »

Tous ces *quam*? Aux États-Unis d'Amérique?

Pour le Saint-Sacrement au reposoir... Pour la seconde fois que le Saint-Sacrement vient au même reposoir... *Damned*!

« O nos felices filii, O nos beati, qui ad mensam patris, nostri coelestis tam amanter invitamur! »

— Ad mensam patris? Au repas du père?

— Puisqu'on te le dit.

Matelas par terre...

— Le kitsch...

— Parle français, ce sera plus gênant : le mauvais goût. Il avait mauvais goût. Elle avait mauvais goût. Elle ne me plaisait pas tellement elle avait mauvais goût. Son absence de goût éclatait partout. Son mauvais goût était sensible jusque dans sa façon de s'asseoir. Tout en lui, en elle, était irrémédiablement faussé par son manque de goût. Dites seulement : cela me plaît ou ne me plaît pas, inutile de discuter, voilà tout. Et ainsi de suite. Au commencement était le goût. Ne faites pas preuve de manque des convenances les plus élémentaires et de mauvais goût envers le créateur. Il existe une convention peu tacite entre l'auteur et le lecteur, par laquelle le premier s'intitule malade et accepte le second comme garde-malade. Les rôles sont intervertis arbitrairement. Le goût est la qualité fondamentale qui résume toutes les autres qualités. C'est le *nec plus ultra* de l'intelligence. Ce n'est que par lui seul que le génie est la santé suprême et l'équilibre de toutes les facultés. Il faut veiller sans relâche sur les insomnies purulentes et les cauchemars atrabilaires. Avec ma voix et ma solennité des grands jours, je te rappelle dans mes foyers déserts, glorieux espoir. Viens t'asseoir à mes côtés, enveloppé du manteau des illusions, sur le trépied raisonnable des apaisements. La mélancolie et la tristesse sont déjà le commencement du doute ; le doute est le commencement du désespoir ; le désespoir est le commencement cruel des différents degrés de la méchanceté. La description de la douleur est un contresens. Il faut faire voir tout en beau. Parler trop de goût est de mauvais goût. Le goût s'exprime silencieusement et à chaque instant.

Son pouvoir est celui de la prière. Il traverse les murs, les villes, l'atmosphère, les planètes, et revient se poser, comme la rosée, sur un fil. Pourtant, rien n'a bougé, le ciel reste clair. L'air est sec. Une phrase bien faite est parfaite. Le tableau dont on se souvient avec calme a raison. Le goût est stable, il est variable, il se surmonte pour se dérober. Le goût a toujours été français, allez savoir. Mais c'est un fait que le ridicule tue dans cette langue, même si personne ne s'en aperçoit et que le cadavre continue ses tours. Le détail est tout. C'est un massacre. Défendre le bien est de mauvais goût, presque autant que de faire le mal. Le ciel est sec. L'air est clair. Ce jour a déjà eu lieu. Quand un lieu a eu lieu, il n'en finit pas. Les jeunes filles de quatorze ans me liront. Leurs yeux changeront en fonction des mots. Un homme n'est pas une femme. Cette magnifique vérité aura toujours besoin d'être répétée. Sans fin. Elle s'impose pourtant d'elle-même, avec une tranquillité comique.

— Tu es énervé?
— Un peu.

« Le 8/12
Cher Monsieur,
L'année s'achève et avec elle le lot néfaste de son

cortège qui a affecté nôtre famille, en la disparition de nos chers Parents décédés tous deux en quelques mois. Alors pour nous nous disons adieu à l'année passée et vive la nouvelle, en souhaitant de tout cœur que cette année puisse en rien ressembler à la pressédante et qu'au contraire et pour tous la joie revienne dans nôtre famille comme nous le souhaitons pour toutes les familles et tous les hommes du monde, en particulier pour vous, cher Monsieur, dont nous vous souhaitons une année pleine de bonheur et de santée.

Restant fidèle de vôtre bon souvenir, recevez nos affections et salutations,

Marinette. »

— C'est joli, Marinette.

— Il faut que je t'emmène là-bas.

— Maman m'en a parlé plusieurs fois. Elle a des amis dans les environs.

— Tiens.

— Elle est même passée devant chez toi, un été, il y a longtemps. Tout était fermé.

— Je devais être en voyage. Les voisins s'occupent de tout.

— Patrick a une proposition intéressante. En Australie. Un nouvel hôpital.

— Où?

— Melbourne. Dans deux ans.

— Ça te plairait?

— Pourquoi pas?

Bien sûr... Tourbillon... Là, ici, ailleurs... Ce que je revois de là-bas? La grande salle de bains, surtout, normal... Les palmiers, soleil dans le blanc faïence... Dimanche matin, quand tout traîne... Les voilà emportés avec tous leurs gestes au-delà des collines de raisin... Marinette aussi, un jour... Courses dans les escaliers, rires, linge, voix de loin...

Refroidissements, réchauffements, les hauts et les bas, entre nous, n'ont pas d'importance. Ils ne vont nulle part. Ils n'ont pas d'histoire. Tu n'as pas à te forcer, moi non plus. Pas de jalousie? A peine, juste ce qu'il faut pour rappeler le jeu au jeu, et le temps au temps. Je vois moins Saul. S'il arrive chez moi quand tu t'en vas, il ne laisse rien paraître. Alors qu'une femme ne s'y tromperait pas, lui ne voit rien, ne soupçonne rien. Je m'amuse pourtant à le mettre sur la piste, j'évoque Molière de plus en plus souvent, mais non, rien. Molière n'est pas au programme. Molière tombe à plat. Molière est une vieille machine de théâtre, répertoire, costumes, aucun intérêt, aucun rapport avec notre époque. Ça ne le fait pas rire? Pas vraiment. Je dis Molière, il me répond Shakespeare. J'y reviens sans avoir l'air d'y toucher, il n'entend pas. Ce mystère biographique, pourtant... Ces enjeux de pouvoir... Louis XIV... Quatorze?... Non, non, pas de Louis, des Richard II ou III, des Henry VI ou VIII, des Elizabeth ou des Frédéric, à la rigueur, mais pas de Louis. Bizarre.

— Racine...

— Oui! Non! Molière! L'Illustre Théâtre! Les coulisses et l'affaire de la petite Menou... La du Parc, la de Brie, la rousse et rusée Madeleine! Don Juan épousant sa fille, l'Armande aux yeux doux... Mon épitaphe pour Molière :

Il couche avec la mère, il épouse la fille,
La rend mère à son tour, et de fil en aiguille,
Traversant la matière où tout semble perdu,
Ne retrouve de soi qu'un fou rire éperdu.

— Eh bien... (Il n'écoute pas. Air dégoûté, incrédule.)

— Comment, tu ne savais pas que Molière avait épousé sa fille?

— C'est controversé, dit France. Armande était peut-être la toute petite sœur de Madeleine.

81

— Impossible.

— Ou la fille d'un type de passage, dans le sud...

— Mais non. C'est exactement le moment où Jean-Baptiste (20 ans) et Madeleine (24) sont ensemble. Toute l'affaire est bien connue, la lettre de Racine, etc. Ce qui est curieux, c'est que personne n'en ait jamais tiré une interprétation sur l'essence du comique.

— La lettre de Racine?

— A l'abbé Le Vasseur, 1663 : « Monfleury a fait une requête contre Molière et l'a donnée au Roi. Il l'accuse d'avoir épousé la fille, et d'avoir autrefois couché avec la mère. Mais Monfleury n'est pas écouté à la cour. » Pire : Armande a bientôt un fils, Louis, dont le Roi sera le parrain.

— Quel cirque!

— Théâtre.

— Se ti sabir.

Ti respondir.

— Se non sabir.

Tazir, tazir.

— Ça va vite.

— Ils rentrent, ils sortent, ils dansent, ils s'inter-

rompent, ils se trompent, ils se détrompent, — et ça
recommence. Ils ont tous leurs moments de ridicule, les mères, les pères, les filles, les fils, les
amants, les vrais et les faux marquis, les Turcs, les
Italiens, les Espagnols, les Suisses, la comédie est
française, vous êtes français, donc dans la comédie,
tout le reste est inutilement tragique, l'abbé Cotin
enrage : « Que peut-on répondre à des gens qui
sont déclarés infâmes par les lois, même des
païens ? »

— La Maintenon va contre-attaquer...

— Et le Roi-Soleil se coucher. Molière l'avait
fait se lever comme personne :

« Je vois le désir de me voir
Posséder la nature entière. »

— Rien de moins.

— Au-dessus des jardins encore indécis, des bos-
quets et des colonnades, des allées et des grottes,
des bassins et du grand canal en cours...

— Feux d'artifice ?

— Qui enveloppe qui ? Tragédie ou Comédie ?
Le tragique est-il un moment du comique ou le
contraire ? La mère ou la fille ? La bourse ou la vie ?
Est-ce que je pense ? Est-ce que je suis ? Ne suis-je
pas un pseudonyme d'Épicure ou de Gassendi
qu'il faut empêcher à tout prix ?

— Medicandi, purgandi, saignandi, perçandi,

taillandi, coupandi et occidendi, impune per totam terram!

— Que je te propose de lire aujourd'hui : surveillandi, malveillandi, criticandi, interpretandi, censurandi, refoulandi, nevrosandi, moralisandi, philosophandi, politicandi, emasculandi, marginalisandi, impune per totas medias!

— Vivat, vivat, vivat, cent fois vivat!

— Mille, mille annis et manget et bibat!

— Et saignat et tuat!

— Videre caput unicum! Totus aplatissat!

Maintenon se relève la nuit... Sort de son cercueil... Le mal s'est de nouveau déchaîné, son roi s'est échappé, il faut trouver de nouveaux alliés. Reine de la Nuit, elle veut récupérer sa fille. On parle d'un petit qui a du cran : Robespierre. Racine revient habillé en Rousseau. Saint-Just en Athalie. Marat en Esther. La Champmeslé en Bonaparte. Cette fois, ça va saigner plus sec, en direct. Roulement de têtes. Loto. L'Autrichienne y passe, la musique de l'Autrichien est trop loin. Clap! On tourne! Mes filles! Mes filles! crie Maintenon en se trompant de Saint-Cyr... Les jeunes recrues frissonnantes entendent son gémissement lugubre, la nuit, dans les chambrées... Le vent souffle. L'Histoire a un sens. Des bébés philosophes naissent un peu partout. Ils vont remplacer l'ancien clergé qui s'est montré incapable de maintenir l'ordre. Ils ne parlent plus latin mais un drôle d'allemand qui se prend pour du grec. Traum! Zeit! On dirait de l'hébreu, mais c'est un contre-sens pathétique. Dans la plaine russe, à Stavropol, au pied du Caucase, du côté d'Ipatovo, canton tout proche de celui de Krasnogvardejskoje, une vieille femme, Maria Pantelaevna, hoche la tête. Elle sait ce qu'elle sait. Elle a ses raisons. Entendez-vous ce grondement indistinct? Cette annonce de tempête? Ce retour aux armes conventionnelles après les fusées? Allô? Ici Washington. Je vous passe Colbert. Allô? Ici Descartes, vous avez mon code? Ne quittez pas! Jérusalem appelle en priorité. Les enturbannés occupent la ligne. Mufti? Intendir? La situation est obscure, avez-vous un espoir? Aucun. Pas le moindre? Non. Ah bon. Je me disais. Je croyais. Tazir! Tazir!

Entre-temps, Molière a été pétrifié en fontaine. On va le voir... Rue Richelieu, c'est un comble. France est contente, elle tient sa maîtrise. Il faut que je voie son prof... Je me retrouve étudiant comme elle, encore un jeudi après-midi dans le parc... Immobilité, message sur place... Comme autrefois à la campagne, le soir, loin des maisons, sans raison...

— Tu as bien dansé?
— A mort.
— On dîne ensemble?
— Évident.

— Et celle-là?
— Petite fille déjà très vieille. Elle va être obligée de sauter l'étape de sa mère et d'aller droit sur sa grand-mère. Elle y est presque. Les enfants n'arrangeront rien.
— Et celle-là?
— Le contraire. Elle va éclater dans dix ans, vers trente-cinq. Pour l'instant, figuration.
— Tu vois à travers les corps? Tu vis comme un peintre?
— J'essaie.
— Patrick m'a dit que France était un prénom démodé.
— Qu'est-ce qui est à la mode?
— Juliette, Sandrine, Caroline...

— Ça reviendra.

— ... que c'était un prénom de vieille fille.

— Vous vous êtes disputés?

— Non.

— Si j'ai bien compris, le désir et la mort sont deux jumeaux en lutte éternelle?

— Mais personne ne dit qu'ils ont le même volume et le même poids. Je n'ai jamais admis qu'un kilo de plumes soit égal à un kilo de plomb. Je me souviens : la classe se tordait de rire, j'insistais. Les rires redoublaient. J'insiste toujours. Non, un kilo de plumes *n'est pas* égal à un kilo de plomb!

— Tu avais quel âge?

— Dix ans.

— Tu étais déjà fou?

— Sans doute.

— Je t'aime.

— Moi aussi.

— C'est simple.

— Interdit.

— Étrange.
— Voulu.
— J'ai sommeil.
— Dors.
— Tu vas dormir?
— Non, je sors.

— Tiens, voilà des fleurs.
— Du lilas blanc? Merci. Je le mets sur le piano?
— Éteins la télévision.

Elle s'est rhabillée rapidement, elle ne reste jamais nue devant moi, peignoir blanc, cheveux blonds; elle est *dans* ce peignoir, elle a *ces* cheveux. Mais sa voix est ma voix changée, dans l'ombre. Je pourrais avoir peur. J'ai peur. Le temps n'existe pas? Nous tous? Ou moi, seulement, dans le temps de la destruction et du cercle?

Je n'ai plus vu personne depuis un an. F., seulement F. C'est comme si je récapitulais ma vie grâce à elle. Mais quelle vie? L'explosée, l'ancienne... Elle m'arrive comme un horizon mobile, à hauteur d'arbres, le nez des odeurs... Moineaux sur lesquels on s'essayait au tir à la carabine (ce n'était pas bien)... Le grand parc et ses buissons roux... Mes sœurs courant dans l'allée, vers le fleuve... Maman et sa robe de soie bleue à pois blancs, souliers blanc et noir sur le perron, agitant la main dans le soleil... La porte-fenêtre de la bibliothèque, près du bois de bambous (il pleut, il pleuvra toujours)... Papa en train de lire dans sa chaise longue, à l'ombre... France se souvient d'une terrasse au trentième étage, à New York... De la Suisse verte, et tout ça... Elle a sa petite Austin noire, maintenant ; hier, elle est allée l'essayer au Bois... Je l'ai retrouvée au Pré Catelan, il faisait très beau, on a marché près des fleurs, j'ai pensé au tableau de Monet, *Dame dans un jardin à Sainte-Adresse,* de 1867, apparition blanche devant les géraniums, elle s'appelle Marguerite Lecadre. Sainte-Adresse est à côté du Havre, le tableau est entré à l'Ermitage en 1930, comme l'*Étang à Montgeron,* d'ailleurs, peint dix ans plus tard, silhouette bleue reflétée dans l'eau, avec ramifications, partout, des violets, des mauves. Sainte-Adresse. Le havre. Marguerite Lecadre. Printemps debout comme un été frais.

Ou encore *La femme en bleu,* de Cézanne, ou bien *Les bords de la Marne...* Promène-moi, fais-moi tout voir de nouveau, écouter, sentir, redéfinir, reprendre. Tu es mon guide, j'ai les yeux ouverts. Les yeux d'Œdipe n'étaient pas crevés, non, mais seulement voilés de l'intérieur, la fable est plus insidieuse, profonde, ils sont aveugles et sourds, mais sans le savoir. Je repasse par les feuilles, les bruits, la distance se met à vibrer comme dans la mémoire, oui, le présent est de la mémoire déjà là, en avant. L'amour est la valeur *entre.* Chaque tableau est une naissance de tout l'espace à la fois, une brassée neuve, sens-tu le paradis farouche ainsi qu'un rire enseveli se couler du coin de ta bouche au fond de l'unanime pli? Encore une histoire de fille, éventail de Mademoiselle Mallarmé, Françoise-Geneviève-Stéphanie, née le 19 novembre 1864, baptisée seulement Geneviève le 30 avril 1865... Voici que frissonne l'espace comme un grand baiser, sache par un subtil mensonge garder mon aile dans ta main, c'est l'éventail qui parle, inutile de te faire un dessin, je pense. Un éventail pour sa femme, un pour sa fille, un autre pour Méry. « Mon battement délivre la touffe par un choc profond cette frigidité se fond en du rire de fleurir ivre »... Écrit à l'encre blanche, en 1890, sur le papier doré d'un éventail fleuri de roses... « Frigides roses »... « Crises de rosée »... Dis donc... Prends ta respiration, allons-y : « Ton sourire éblouissant prolonge la même rose avec son bel été qui plonge dans autrefois et puis dans le futur aussi, n'était, très grand trésor et tête si petite, que tu m'enseignes bien toute une autre douceur tout bas par le baiser seul dans tes cheveux dite »... Ouf!... En somme... Mais c'est très beau... Allez faire entendre ça aujourd'hui... Et comment?... Chuchoté, je sais... De près... Formule magique... Surtout pas récité... Souffle... Dans le noir... Juste audible...

— Il faudrait tout recommencer?
— Tout. Tu te dis que l'apocalypse a eu lieu, tu ouvres la fenêtre, premier matin si tu veux. Et, surprise, rien n'a disparu, le film continue, les archives s'ouvrent, les informations fourmillent... Pour rien! Délivrées d'aller quelque part!... Le vingt et unième siècle sera gratuit ou ne sera pas! Impressionniste! Annoncé par les peintres!
— Impressionnant.
— Passionnant. Des mondes à n'en plus finir. Dans un verre. A la ronde et à la seconde. Morale

de la perception : ça leur fait peur. Ils auraient besoin d'une petite saignée amiable, d'un petit clystère dulcifiant...

— Pourquoi?

— Parce que leur fille est muette! Le poumon! Le poumon! Le poumon!

— Peur qu'elle devienne trop bavarde?

— Un torrent!

— Les filles?

— Les fleurs. Monet retour de Venise et fou à Giverny. Sous le pont japonais. Roses, œillets, iris, nymphes! Jardin préparé spécial! Pinceau direct dans les graines! Fouillis d'extase!

Avec les préludes... Oui, oui, supposons qu'il n'y ait plus que des préludes... Danseuses de Delphes... Lent et grave... Voiles... Modéré... Le vent dans la plaine... Animé... Les sons et les parfums tournent dans l'air du soir... Des pas sur la neige... Triste et lent... Ce qu'a vu le vent d'ouest... Animé et tumultueux...

— Ton peintre préféré?

— Manet. Fleurs dans des vases ou des verres. Fin de sa vie. Juste avant qu'on lui coupe la jambe. Fleurs coupées. Les racines ne sont pas les pétales, les

cœurs, les corolles. Deux mondes différents. L'eau
transparente en miroir, l'épanouissement dans la
toile sans tain. Des bouquets apportés par des amis,
lui sur un canapé, une ou deux séances, hop, tableau.
Roses dans un verre à champagne. Roses, œillets,
pensées. L'incroyable lilas et roses. Le bouleversant
lilas bleuté dans son verre. Roses mousseuses dans un
vase. Bouquet de pivoines. Roses, tulipes et lilas
dans un vase de cristal. Vase de fleurs, roses et lilas.
Œillets et clématites. Lilas blanc. C'est sans fin. Le
cerveau est sans fin. Entre-temps, il meurt. « Je voudrais les peindre toutes ! » Antonin Proust : « Manet
était de taille moyenne, fortement musclé... Cambré,
bien pris, il avait une allure rythmée à laquelle le
déhanchement de sa démarche imprimait une parti-
culière élégance. Quelqu'effort qu'il fît, en exagérant
ce déhanchement et en affectant le parler traînant du
gamin de Paris, il ne pouvait parvenir à être vul-
gaire... Sa bouche, relevée aux extrémités, était rail-
leuse. Il avait le regard clair. L'œil était petit, mais
d'une grande mobilité. Peu d'hommes ont été aussi
séduisants. » Paul Alexis : « Manet est un des cinq
ou six hommes de la société actuelle qui sachent
encore causer avec les femmes... Sa lèvre, mobile et
moqueuse, a des bonheurs d'attitude en confessant
les Parisiennes... » Mallarmé: « Griffes d'un rire du
regard... Sa main – la pression sentie claire et prête...

Vivace, lavé, profond, aigu ou hanté de certain noir »...

— « Le chef-d'œuvre nouveau et français. »

— Voilà. Georges Jeanniot : « Lorsque je revins à Paris, en janvier 1882, ma première visite fut pour Manet. Il peignait alors *Un bar aux Folies-Bergère,* et le modèle, une jolie fille, posait derrière une table chargée de bouteilles... Il me dit : " Dans une figure, cherchez la grande lumière et la grande ombre, le reste viendra naturellement : c'est souvent très peu de chose... Il faut tout le temps rester le maître et faire ce qui vous amuse. Pas de pensum! Ah non, pas de pensum! ". » Jules Camille de Polignac, dans le journal *Paris* du 5 mai 1883 : « Pas de ciel, pas de soleil, des nuages clairs répandent un gris très doux dans le plein air... Le cortège s'arrête au portail de l'église Saint-Louis-d'Antin où, devant le maître-autel resplendissant de lumières, un catafalque est dressé... Manet entre, suivi de sa famille et d'un petit groupe d'amis, et aussitôt les chœurs religieux éclatent — suivis des soli lamentables de la messe des morts »... Les bouquets sont là, les derniers, dans l'atelier de la rue d'Amsterdam... Roses et lilas blancs, du 1er mars... Peu de fleurs sont aussi séduisantes. A jamais. La pression sentie claire et prête... Reprends les adjectifs...

— « Vivace, lavé, profond, aigu ou hanté »...

— Cinq. M-A-N-E-T. *Manet et manebit* : il reste, restera.

— Il ne meurt pas?

— Non. Au-delà du noir. Du catafalque aux pivoines. Portrait de Berthe Morisot, portrait de Tronquette. Tu as quelque chose de Tronquette.

— Ou de Suzon, dans le bar?

— Les deux.

Je suis en plein soleil, la fenêtre est ouverte. Je laisse le jaune m'emmener, un nuage, et le noir revient dans le sang vivant. Puis je téléphone à Maud, en reportage aux Maldives, Cocoa Island, Makunufushi, South Male Atoll. Cet atoll m'intrigue. Elle m'a envoyé une grande carte postale, sept palmiers au loin, langue de sable blanc, tout est bleu noirci, ciel vert jade, océan Indien. Les couleurs sont si tranchées qu'on croirait à un grand flash dans la nuit. L'année dernière, elle était en Martinique, petit déjeuner à huit heures, une heure de l'après-midi à Paris. « Ça va? » — « Ça va » — « Soleil? » — « Soleil » — « Tu te baignes? » — « Tout le temps » — Je garde les yeux fermés, je fais l'aveugle pendant un quart d'heure. Je dors debout. Je suis couché, bien debout.

Si France veut voyager? Non. On reste à Paris. On se parle. On n'a jamais assez de temps pour nous. Il me semble qu'on est très calmes.

— Pourquoi toutes les autres fleurs peintes, à côté, ont-elles l'air mortes?

— Parce qu'elles ne sont pas passées par la mort.

— Le mal?

— Non. Le bien profond de la mort. Son velours. Au couteau simple. Au ciseau de luxe. A l'indifférence vibrante. Fleurs à boire.

— Le bar?

— Au champagne. Deux roses, une jaune et une rose. C'est la consommation que sert le tableau. Le reste est illusion, tournoiement gai de fantômes. Suzon est décolletée en alpha et rejoint le lustre et les hublots de lumière, oméga. Tu vois une toile en miroir, les Folies sont au-delà du miroir. A-t-elle des boucles d'oreilles? Un chignon? Sa table de marbre n'est-elle pas un étal de morgue?

— Elle est triste?

— Même pas. Perdue. Regard perdu. Ni gaie ni triste. Magnifique. Manchettes et collerette de dentelles, eucharistie, sainte-table. Elle officie dans le vague. Bien calée sur ses mains, offrant ses poignets, son pouls.

— Elle est rousse?

— Blond vénitien. Fleur blonde et noire, avec

96

feuillage. La foule, elle, est noyée. Naufrage enjoué. Paquebot. Trapèze. Je vais même jusqu'à compter les boutons de sa redingote. Huit.

— Pile ou face?

— Les deux, les deux. C'est le prix du rêve. Vous voulez quoi? La taille? Le cul? Non, le verre et les fleurs, toujours. Tu sais, quand on rêve qu'on ramène une fleur du pays enchanté. La gauche? La droite? Es-tu ici? Là-bas? Partout? Nulle part? De quel côté? D'où?

— Mieux que *Nana*?

— Le miroir de Nana ne reflétera jamais rien. Il est en lait, en sperme, en soie, en cire, comme les bougies du trépied aux bougeoirs. Rien ne bouge. La sibylle pose. La houppette à la main, le tube de rouge à lèvres, le petit doigt pointé vers le ciel, comme un saint Jean... Fond de ciel. Canapé Louis XV. La vida es sueño. Quelle putain catégorique! Enlevée! Croupée! La fleur se poudre. Elle se pomponne. Elle se pompadourise, combinaison et coussin. Si tu en veux une autre, il y a Madame Gamby, à Bellevue, dans le jardin de l'artiste. Nature verte, fleur noire aux yeux noirs, violettes au chapeau... Madame Gamby... Et il va perdre une jambe... Il rentre dans le néant sur un pied, comme un danseur. Une seule réalité : les Folies-Bergère. Tous en scène! Dissous! Rien que le bar!

Et si on remettait Rameau?

« L'amour triomphe, annoncez sa victoire,
Ce dieu n'est occupé qu'à combler nos désirs,
On ne peut trop chanter sa gloire,
Il la trouve dans nos plaisirs! »

L'aaaaaaamour triooooomphe!... Plaiaiaiaisir!...
Ah, c'est ridicule! C'est sublime! Paroles de Ballot
de Sovot, d'après Antoine Houdin de la Motte...
Les Grâces instruisent la statue et lui montrent les
différents caractères de la danse... L'Amour traverse
le théâtre d'un vol rapide pour renverser son flambeau sur la statue...

La statue:

« Prenez soin d'un destin que j'ignore,
Tout ce que je connais de moi
C'est que je vous adore. »

Parfait! Encore!... Ariette vive...

L'Amour:

« Jeux et ris qui suivez mes traces
Volez, empressez-vous d'embellir ce séjour. »

Allez!... Les jeux et les ris... Plus de *ris*
aujourd'hui?... Gavotte gaie, chaconne vive, passepied vif... Et le chœur des peuples (sans blague)
derrière le théâtre:

98

« Cédons, cédons à notre impatience,
Courons tous, courons tous! »

(Ici, tu intercales une photo d'Hélène de Nos-
titz, la grande amie de Rodin, au piano, suivie, je
ne sais pas, moi, de *La naissance de Vénus* ou des
Bénédictions, en marbre... La musique s'estompe,
et, là, souvenir d'Isadora Duncan : « Je compris
bientôt qu'il ne m'écoutait pas. Il me regardait de
ses yeux brillants sous ses paupières baissées, puis
avec la même expression qu'il avait devant ses
œuvres, il s'approcha de moi. Il passa sa main sur
mon cou, sur ma poitrine, me caressa les bras,
passa ses doigts sur mes hanches, sur mes jambes
nues, sur mes pieds nus. Il se mit à me pétrir le
corps comme une terre glaise tandis que s'échap-
pait de lui un souffle qui me brûlait, qui m'amol-
lissait »...

Le chœur des peuples : Et alors? Et alors? Et
alors?

Le récitant : Notez qu'elle vient de danser pour
lui dans sa tunique courte, à la grecque... Rodin a
plus de chance que Flaubert obligé d'aller attraper
sa syphilis en Haute-Égypte, dans les bras de
Kuchuk-Hanem après la danse de l'abeille, exé-
cutée avec un simple fichu...

Le chœur des peuples : Alors? Alors? Alors?

Isadora Duncan : « Tout mon désir était de lui

99

abandonner mon être tout entier, et je l'aurais fait si l'éducation absurde que j'avais reçue ne m'avait fait reculer, prise d'effroi, et le renvoyer, plein d'étonnement. Quel dommage! »...

Le chœur des peuples, en écho : Quel dommage!

Isadora : « Quel dommage! Combien de fois ai-je regretté mon incompréhension puérile qui m'ôta la joie divine d'offrir ma virginité... »

Le récitant : C'est bien vrai, ça?

Isadora : ... « ma virginité au Grand Dieu Pan! »

Le chœur des peuples : Pan! Pan!

Isadora : « L'art et toute la vie en auraient certainement été plus riches. »

L'ombre de Camille Claudel, aux Enfers : Rose de merde! Salope! Chienne! Ordure!

Le récitant : En tout cas, Duncan ouvrit un temple pour la danse antique, à Meudon, tout près de la villa de Rodin. Ce dernier trouva des facilités qu'il n'avait jamais eues...

Rodin (à part) : Si seulement j'avais eu de pareils modèles jeunes quand j'étais jeune! Des modèles dont les mouvements sont en accord avec la nature et l'harmonie! Des modèles qui ne me prennent pas pour modèle!

Le récitant : Avant, il y avait déjà eu Loïe Fuller

aux Folies-Bergère... Mais voyons, Meudon... Des danseuses... Docteur Céline... Et la statue de Balzac, dont personne ne voulait, photographiée là, grandiose, en plein air...

Le chœur des peuples :

Miracle, tout se tient, les secrets se font jour,
Nous assistons vraiment à l'éternel retour!

Rabbins et cardinaux : Attention! Attention! Paganisme!

Autres rabbins et cardinaux : Un peu de soupape de temps en temps! Il faut bien que ça sorte!

Le récitant-ténor, à tue-tête : l'aaaaaaamour trioooooomphe!

Air vif se communiquant partout.

Rideau.)

On termine dans la chambre en douceur... *Paresse et luxure* ou *Le sommeil...* Ou encore *Les amies, Les dormeuses...* Ah, ce tableau!... Lettre du 30 avril 1871 : « Malgré tout ce tourment de tête et de compréhension d'affaires auxquelles je n'étais pas habitué, je suis dans l'enchantement. *Paris est un vrai paradis* (c'est moi qui souligne); pas de police, pas de sottise, pas d'exaction d'aucune façon, pas de dispute. Paris va tout seul, comme sur des roulettes. Il faudrait pouvoir rester toujours comme cela. ›

— Eh bien, restons comme cela.

— Oui, mais les autres?

— Lesquels?

— Chut! Imprudence de Courbet... Colonne Vendôme!... Maintenant, silence. Je te peins.

— En quoi?

— En Suzon dînant après son travail. Parfume-toi, mets du rouge à lèvres et des bas. Veste de velours rouge, foulard blanc.

— Champagne? Huîtres? Saumon?

— A côté du monsieur, canapé de *Nana*. Tu n'as qu'à m'ajouter une moustache et un chapeau haute-forme.

— Après tout, ça ne t'irait pas si mal.

— On y va.

III

Je te peins, je te peins, la peinture est un roman, troisième monde au-delà de la réalité et de son miroir, plus présente que ne le sera jamais la conscience de la réalité redoublée d'un miroir. C'est notre folie visible et lisible. Musique. Le bar. Vois et entends ces fumées, le reflet de la bouteille dans la hanche droite de Suzon. Droite? Gauche? De ce côté-ci? De l'autre? Ou sans côté aucun? Je te fais une généralisation mathématique du bar, une théorie de la relativité à travers lui, un endroit comportant son envers qui le transforme en un autre endroit sans envers. Ici, à jamais. *Eh bien, vous êtes servis!* A la force des poignets, dans les veines. Et la petite femme aux gants jaunes, près du balcon! Et la rencontre du peintre et de son modèle, de sa serveuse (contraire de servante), de son entraîneuse, yeux dans les yeux, dans un coin, en reflets croisés! Elle, elle te regarde, mais ne voit personne. Personne. Mais c'est peut-être toi quand même, à toi de trouver. Il me semble que toutes les couleurs vivent là, maintenant, et disent quelque chose d'encourageant à celui qui est moi mieux que moi. Ce rose, ce vert, ce blanc matinal, surtout, un peu glacé, presque bleu, blanc de poisson, bleu de truite. Boulevards des Italiens, Madeleine. Vitrines, cafés bourrés, temps d'un autre temps, signature de rire en dessous. Et voici la rue Royale et la place au phallus Louxor à fontaines, et nous entre deux eaux, bulle éclatée en mineur, et la Tour Eiffel illuminée, en écho, rousse et dorée, champ de Mars et champ de Mai, coulée de Seine frissonnante, grise. Quelle fête! Tu vois, tu entends, tu sens? Oui, partout, et de nouveau toujours et partout, comme si Paris et le Bar étaient la vraie embarcation des morts avec leurs boissons, leurs roses, leurs mandarines comme des petits pains d'au-delà, madeleines, macarons, brioches. Ils ont bien de quoi? Ce qu'il faut? Barque pleine? Fluctuat? Igitur? Nec mergitur? Embrasse-moi. Et encore. Au centre du temps. A notre arc secret. Au triomphe. On sort d'Égypte, on y rentre, on en ressort quand on veut. Il l'a si bien regardée, Suzon, qu'il a réussi à l'emmener avec lui, dans la glace. Et de nouveau là, mais marquée. Faite pour rester après lui, lestée du froid d'ombre.

Chaconne. Bourrasque. Tombeau Les Regrets...

Elle : Patrick me parle de plus en plus souvent de sa mère.

Moi : Excellent pour toi.

Elle : Tu crois ?

Elle : Qu'est-ce que ça veut dire, « les grâces lacédémoniennes » ?

— Quoi ?

— La Fontaine, préface aux *Fables* : « les grâces lacédémoniennes ne sont pas tellement ennemies des muses françaises que l'on ne puisse souvent les faire marcher de compagnie. »

— Ah oui. « L'élégance laconique, la *brèveté*. » Comment définit-il Esope, déjà ? En forme d'auto-portrait ?

— « Un homme subtil et qui ne laisse rien passer. »

— Continue.

— « C'est ce qu'on demande aujourd'hui : on veut de la nouveauté et de la gaieté. Je n'appelle pas gaieté ce qui excite le rire, mais un certain charme, un air agréable, qu'on peut donner à toutes sortes de sujets, même les plus sérieux. »

— Le roman comme apologue ? Il serait temps. *Apologue ?*

— « Un exemple fabuleux qui s'insinue avec d'autant plus de facilité et d'effet qu'il est plus commun et plus familier. »

— La seule règle étant de plaire ?

— « On ne considère en France que ce qui plaît ; c'est la grande règle et, pour ainsi dire, la seule. »

— Tu veux désespérer l'université. Mais cela renvoie à Dorante, disant à Lysidas dans *La Critique de l'École des femmes* : « Je voudrais bien savoir si la grande règle de toutes les règles n'est pas de plaire. » Et pour ceux qui sont furieux de se reconnaître sur scène : « C'est se taxer hautement d'un défaut que se scandaliser qu'on le reprenne »... La Fontaine a son flambeau à la main, la nuit, derrière le cercueil inenterrable de Molière. Tous ces systèmes nerveux sont à reprendre de l'intérieur.

— Mais qui s'en occupe ?

— Personne.

— Pourquoi ?

— Amnésie. Paralysie.

— Mais pourquoi ?

— Haine de soi. Hypocrisie. Jalousie.

— Mais pourquoi ? pourquoi ?

— Anesthésie. Mélancolie. Aphasie.

— Pas d'issue ?

— Oh non !

— Australie?

— Oh oui! N'oublie pas de parler parfois, d'un air entendu, de ton *french father*. Avec ironie.

— Tu viens?

— Trop tard.

— Pauvre gros chat.

— Botté. Il a ses trucs.

— Postérité?

— Garantie.

— Lis-moi une fable.

—   LE SERPENT ET LA LIME

On conte qu'un serpent voisin d'un horloger
(C'était pour l'horloger un mauvais voisinage)
Entra dans sa boutique, et cherchant à manger
N'y rencontra pour tout potage
Qu'une lime d'acier qu'il se mit à ronger.
Cette lime lui dit, sans se mettre en colère :

Pauvre ignorant! et que prétends-tu faire? »
Tu te prends à plus dur que toi.
Petit serpent à tête folle,
Plutôt que d'emporter de moi
Seulement le quart d'une obole,

Tu te romprais toutes les dents.
Je ne crains que celles du temps. >

Ceci s'adresse à vous, esprits du dernier ordre,
Qui n'étant bons à rien cherchez surtout à
                                    [mordre.
Vous vous tourmentez vainement.
Croyez-vous que vos dents impriment leurs
                                    [outrages
Sur tant de beaux ouvrages?
Ils sont pour vous d'airain, d'acier, de diamant.
— La lime, le verbe limer. < Frotter et limer sa
cervelle contre celle d'autrui. > La signification éro-
tique apparaît au XVIIIᵉ siècle.
— Chez qui?
— Sade. Limer : coïter longuement. Pauvre
serpent!

Tu sais que le temps passe et ne passe pas; que
nous sommes en dehors du temps sous nos
masques? Peu importe ce qui arrivera ou n'arrivera
pas, le moment où nous serons disjoints dans le
courant sombre. On a trouvé le nœud, le lieu, le
nerf dissimulé, le creux. Tellement voilé, recou-
vert, que personne, en principe, n'a la moindre
chance de le toucher. Et pourtant, il est là, il bat.

110

J'embrasse tes yeux promis à la nuit un peu plus tard que les miens, — et ce drôle de mot : *paupières*... Et *cils*, et *sourcils*... Chaque atome du corps est sacré. Et *lèvres*... *Narines*... *Coudes*... *Chevilles*... Comme c'est étrange de promener tout ça dans l'espace, ce sac de danse, le squelette, la moelle, le cœur, les os... L'urine et la merde ressortant dans l'odeur dorée de la peau toujours neuve, sagesse soufflée des cheveux, — et encore *doigts, lobes, salive*... Comme les anges ou les corps glorieux, tu sais, impassibilité, agilité, subtilité, clarté... L'agilité, c'est-à-dire « le jeu parfait, doux et puissant, sûr et constant des forces de l'organisme ressuscité »... Pas moins... Ces vieux trucs théologiques, au fond, sont des traités pédagogiques, des incitations à la jouissance invisible. Le jeu ou le feu parfait... Doux, puissant, sûr, constant... Le contraire de dur, faible, énervé, hasardeux, glauque... Pas besoin d'insister ? Non.

C'est deux fois par semaine, maintenant, qu'on va à Versailles. Deux heures de marche, toasts et café. On rentre tard pour dîner. On se couche.

Tu as bien regardé *Les demoiselles d'Avignon*? Les derniers Picasso? Le siècle?

Écouté *La Résurrection*, de Haendel? Emma Kirkby? Rome? Et, de nouveau, *La Gamme*, Paris?

Trois ans, déjà. Trois jours.

Navette de plaisir. Silence.

Les allées des Champs-Élysées, pigeons et massifs, sont les mêmes que quand je marchais là, à ton âge, si seul, si désespéré? Il y a vingt-cinq ans? Hier?

Une semaine. Et puis une autre. Tu lis *Candide* :
« Le souper fut comme la plupart des soupers de
Paris : d'abord du silence, ensuite un bruit de
paroles qu'on ne distingue point, puis des plaisanteries dont la plupart sont insipides, de fausses
nouvelles, de mauvais raisonnements, un peu de
politique et beaucoup de médisance ; on parla
même de livres nouveaux. »

Le plus grand souvenir ? Non, pas souvenir, quel
mot idiot, — la gravure, plutôt, la parcelle gravée
d'espace vivant en dehors de l'espace ? Toi sur le balcon, hiver, été, le matin, le soir, jour, nuit ; moi en
bas, sur le trottoir, signe de ta main, toujours le
même, ciels noirs ou bleus, gris, blancs, nuages *pom-
melés*.

Voix basse, toujours plus bas, pas à pas. Donne-
moi la main. Facile.

Fais confiance à l'oubli, car il n'y aura pas
d'oubli. L'oubli est le secret.

Non, pas Giordano, mais en réalité Filippo Bruno, le Nolain, ici en 1582. *Les Fureurs héroïques... L'infini, l'univers et les mondes* (dans l'ordre, et avec la virgule)... « Le temps enlève tout et donne tout ; chaque chose se change, aucune ne s'anéantit ; l'Un seul ne peut changer, l'Un seul est éternel et peut perdurer éternellement un, semblable et identique. Tout ce qui est, est ici ou là, ou près ou loin, ou maintenant ou après, ou tôt ou tard. » Corps brûlé le 17 février, à l'aube, sur le Campo dei Fiori. Le 17 février, cette année, tombe le jour des Cendres. Il pleut doucement dans le gris. Mercredi, Mercure. *La Cène des Cendres.*

Déjà ?

France a pris l'avion pour Melbourne il y a un mois. Je l'entends encore chantonner, le matin, pendant qu'elle bouclait ses valises. On sait qu'on ne se reverra pas. C'est de nouveau le printemps, je

114

respire cette rose rouge, son parfum de soie. Puis j'écris ces mots, qui ont l'air de conclure. Rien ne bougera plus, tout à l'heure, ni le blanc, ni le bleu. Adieu, donc. Mais j'y pense : ai-je oublié de dire que France est Juive? Possible. Comme sa mère, qui l'est par sa mère, et de mère en mère, à travers la Pologne, l'Allemagne, la Hollande, l'Espagne, les États-Unis? A ces mots, en tous sens, remue-ménage de tombes. Mais elle-même, France, aura bien une fille? Et sa fille, une fille? Et ainsi de suite? Et l'une d'elles ouvrira bien, de temps en temps, au hasard, la biographie informée, précise, fourmillante de fausses interprétations, de Saul, que tu recevras, chérie, ainsi que ce livre? En Australie, en Nouvelle-Zélande, en Chine, au Japon, en Angleterre, en Italie, et peut-être même, plus tard, dans ce pays-ci? Où le soleil brillera comme aujourd'hui? Où quelqu'un ira bien regarder, longtemps, comme je vais maintenant le faire, les pelouses, les jets d'eau, les fleurs, les arbres taillés du parc?

DU MÊME AUTEUR

COLLECTION FOLIO

Dernières parutions :

Impression Brodard et Taupin,
à La Flèche (Sarthe),
le 20 septembre 1990.
Dépôt légal : septembre 1990.
Numéro d'imprimeur : 1550D-5.

ISBN 2-07-038291-5 / Imprimé en France.